DIPLOMACIA DE DORMITORIO

MICHELLE CELMER

Editado por HARLEQUIN IBÉRICA, S.A.
Núñez de Balboa, 56
28001 Madrid

Diplomacia de dormitorio, n.º 102 - 19.2.14
Título original: Bedroom Diplomacy
Publicada originalmente por Harlequin Enterprises, Ltd.

I.S.B.N.: 978-84-687-3978-6
Depósito legal: M-33352-2013
Editor responsable: Luis Pugni
Fotomecánica: M.T. Color & Diseño, S.L. Las Rozas (Madrid)
Impresión en Black print CPI (Barcelona)
Fecha impresion para Argentina: 18.8.14
Distribuidor exclusivo para España: LOGISTA
Distribuidor para México: CODIPLYRSA
Distribuidores para Argentina: interior, BERTRAN, S.A.C. Vélez Sársfield, 1950. Cap. Fed./ Buenos Aires y Gran Buenos Aires, VACCARO SÁNCHEZ y Cía, S.A.

Capítulo Uno

Rowena Tate intentó aferrarse a la poca paciencia que le quedaba mientras la secretaria de su padre, Margaret Wellington, le advertía:

–Me ha pedido que te diga que viene de camino.

–¿Y…? –preguntó ella, sabiendo que había algo más.

–Eso es todo –respondió Margaret.

–Mientes todavía peor que yo.

Margaret suspiró y luego añadió en tono comprensivo:

–Me ha pedido que te comportes lo mejor posible.

Rowena respiró hondo para calmarse.

Esa misma mañana, su padre le había informado por correo electrónico de que iba a llevar a un invitado a ver la guardería. Y le había exigido, no pedido, porque el gran senador Tate nunca pedía nada, que todo estuviese en orden. Le había sugerido, y no era la primera vez desde que Rowena había empezado a gestionar el proyecto favorito de su padre, que seguía siendo impulsiva, irresponsable e inepta. Etiquetas que, al parecer, su padre no iba a quitarle jamás.

Miró por la ventana a los niños que jugaban en el parque. Después de cinco días sin parar de llover, por fin lucía el sol y hacía una temperatura agradable, algo normal para el mes de febrero en el sur de California.

Aunque estuviera de mal humor, ver jugar a los niños siempre la hacía sonreír. No se había interesado por ellos hasta que había tenido a su hijo, Dylan. Y en esos momentos no podía imaginarse un trabajo que la hiciese sentirse más satisfecha.

–Nunca va a confiar en mí, ¿no?

–Te ha puesto al mando del centro.

–Sí, pero han pasado tres meses y sigue pendiente de todo lo que hago. A veces pienso que quiere que meta la pata para poder decirme que me lo advirtió.

–No es verdad. Tu padre te quiere, Row. Es solo que no sabe cómo demostrártelo.

Después de quince años trabajando como secretaria de su padre, Margaret era como de la familia, y una de las pocas personas que comprendían la complicada relación que había entre Rowena y el senador.

Margaret había estado con ellos desde que su madre, Amelia, había causado un increíble escándalo abandonando a su marido por el protegido de este.

Y la gente se preguntaba por qué estaba Rowena tan fastidiada.

«Estaba», se recordó a sí misma.

–¿Quién es esta vez? –le preguntó a Margaret.

–Un diplomático británico. No sé mucho de él, solo que quiere que tu padre respalde un tratado tecnológico con el Reino Unido. Y creo que tiene algún título nobiliario.

Seguro que al senador le encantaba eso.

–Gracias por la información.

–Buena suerte, cielo.

El timbre le anunció la llegada de su padre. Rowena suspiró y se levantó de la silla. Se quitó la bata manchada de pintura que se había puesto para la clase de plástica de esa mañana y la colgó en el armario. Luego atravesó la clase y el parque para ir a abrir la puerta, que siempre estaba cerrada con llave. No solo para que los niños no saliesen, sino también para que no entrase ningún extraño.

Su padre estaba al otro lado, vestido para ir a jugar al golf y con su sonrisa de político en el rostro. Rowena posó la mirada en el hombre que había a su lado.

Vaya.

Cuando Margaret le había hablado de un diplomático francés, se había imaginado a un señor calvo y estirado.

Aquel hombre tenía más o menos su edad, era rubio e iba peinado de manera estilosa. Sus ojos eran azules, tanto que parecía que llevase unas lentillas de colores, y estaban protegidos por unas pestañas tan espesas y oscuras que podían ser la envidia de cualquier mujer.

Tal vez tuviese algún título nobiliario, pero llevaba barba de tres días y tenía una cicatriz en la ceja izquierda, lo que le daba un aire atrevido. Era algo más alto que el senador, y delgado pero de constitución atlética.

La rebelde que había en Rowena pensó que tenía que ser suyo, pero la Rowena sensata, madura y adulta supo que los hombres así de atractivos siempre causaban problemas. Y, al mismo tiempo, mucha diversión. Hasta que conseguían lo que querían y se marchaban a otro lugar donde calentase más el sol. Eso era lo que le había ocurrido con el padre de su hijo.

Rowena marcó el código de seguridad y abrió la puerta para dejarlos pasar.

–Cariño, quiero presentarte a Colin Middlebury –le dijo su padre, que solo la llamaba «cariño» cuando quería dar una imagen de hombre familiar–. Colin, esta es mi hija, Rowena.

El hombre posó sus increíbles ojos en ella y sonrió con cierta petulancia. A ella, no obstante, se le aceleró el corazón.

–Señorita Tate –la saludó con voz suave–. Es un placer conocerla.

«El placer es mío», pensó Rowena. Miró a su padre y se dio cuenta de que le estaba advirtiendo con la mirada que se comportase bien.

–Bienvenido a Los Ángeles, señor Middlebury.

–Por favor, llámame Colin –dijo él sonriendo y arqueando ligeramente una ceja.

Ella le dio la mano y notó un placentero cosquilleo.

Había pasado mucho tiempo desde la última vez que un hombre había hecho que se sintiese así.

–Colin se alojará aquí, en la mansión, mientras precisamos los detalles del tratado que voy a apoyar –le dijo su padre–. Dos o tres semanas.

Aquella solía ser la parte más tediosa de ser la hija de un político, tener que ejercer de perfecta anfitriona, pero con un invitado como Colin Middlebury…

Tal vez fuese un idiota, pero al menos era guapo.

Su padre miró hacia el parque.

–¿Dónde está mi nieto?

–Arriba, con el logopeda –respondió ella.

En la planta baja estaba la guardería y en la primera había todo tipo de equipos para realizar fisioterapia, terapia del lenguaje y terapia ocupacional. Así su hijo Dylan recibía los cuidados que necesitaba y ella podía estar al frente de la guardería sin interrupciones. Había sido idea de su padre, por supuesto. Solo quería lo mejor para su nieto.

–¿A qué hora termina? Me gustaría que Colin lo conociese.

Ella se miró el reloj.

–Dentro de media hora. Y no se le puede molestar.

–En otra ocasión –comentó Colin, que después

le preguntó a Rowena–: ¿Vas a venir a cenar esta noche a Estavez?

A Rowena le habría apetecido, pero vio la expresión de su padre y respondió:

–Tal vez en otra ocasión.

–Colin –dijo su padre–, ven, voy a enseñarte el interior.

–Estupendo –respondió este.

–Empecé este proyecto hace dos años –le contó el senador con evidente orgullo.

No mencionó, no lo hacía nunca, que la idea había sido de Rowena.

–Eh, Row.

Rowena miró hacia el otro lado del parque y vio a Patricia Adams, subdirectora del centro y, además, su mejor amiga, que se abanicaba y ponía cara de emoción.

Pocos minutos después, su padre y Colin volvían a salir del edificio y, a juzgar por la cara de su padre, algo lo había enfadado.

–Alguien ha dejado pintura en el borde de una mesa y Colin se ha manchado los pantalones –le explicó.

Colin, por su parte, parecía estar tan tranquilo a pesar de la mancha de pintura rosa que llevaba en la pernera izquierda.

–No pasa nada, de verdad.

–Se limpia con agua –le dijo Rowena–. Estoy segura de que Betty, nuestra ama de llaves, se podrá ocupar de ello. No obstante, si no consigue salvarlos, yo le compraré otros.

–No será necesario –respondió Colin.

–Será mejor que te dejemos volver al trabajo –añadió su padre, volviendo a sonreír forzadamente–. Colin, ¿te importa si hablo un momento a solas con mi hija?

«Ya está», pensó ella.

–Por supuesto que no. Puedo volver solo a la casa.

Rowena siguió a su padre dentro del edificio y, una vez allí, este se giró y le dijo:

–Rowena, lo único que te pido cuando traigo a un invitado al centro es que todo esté limpio y presentable. ¿Tanto te habría costado limpiar la pintura? Colin pertenece a la realeza, es conde, y héroe de guerra. ¿Por qué has sido tan tosca con él?

Rowena pensó que si era un héroe de guerra, seguro que había vivido cosas mucho peores que una mancha de pintura en el pantalón, pero no lo dijo.

Como tantas otras veces, se tragó su orgullo y respondió:

–Lo siento, se nos ha debido de pasar al hacer la limpieza. Tendré más cuidado la próxima vez.

–Si es que hay una próxima vez. Si no eres capaz de encargarte de limpiar el centro, ¿cómo vas a cuidar de los niños?

–Lo siento –repitió ella.

–Después de todo lo que he hecho por Dylan y por ti... –comentó su padre sacudiendo la cabeza.

Y luego se marchó resoplando.

Ella se apoyó en la pared, enfadada y frustrada y, sí, también dolida, pero no derrotada.

–Eh, Row –dijo Tricia desde la puerta–. ¿Estás bien?

Ella respiró hondo, se irguió y se obligó a sonreír.

–No pasa nada.

–He oído lo que te ha dicho acerca de la pintura. Ha sido culpa mía. Le pedí a April que limpiase las mesas y se me olvidó comprobar que estuvieran todas limpias. Sé lo exigente que se pone cuando trae a alguien. Tenía que haber tenido más cuidado. Lo siento.

–Tricia, si no hubiese sido la pintura, habría sido otra cosa. Siempre encuentra algo.

–No está bien que te trate así.

–Le he hecho pasar muchas cosas.

–Has cambiado, Row. Has rehecho tu vida.

–Pero no habría podido hacerlo sin su ayuda. Ha hecho mucho por Dylan y por mí.

–Eso es lo que él quiere que pienses, pero no significa que pueda tratarte como si fueses su criada. Te las arreglarías bien sola.

Rowena quería creerlo, pero la última vez que había estado sola se había arruinado completamente la vida.

–Sabes que mi ofrecimiento sigue en pie. Si quieres venir con Dylan a pasar una temporada a casa…

Si se marchaba, no tendría el dinero necesario para hacer frente a los cuidados de Dylan y su padre tendría un motivo para quitarle al niño. Era una amenaza que le había hecho desde que Dylan había nacido y sabía que era capaz de llevarla adelante.

–No puedo, Tricia, pero muchas gracias.

Su falta de responsabilidad la había metido en el lío en el que estaba y tenía que salir de él sola.

A Colin nunca le había gustado hacer caso a los rumores. En las familias reales, los rumores se extendían como una plaga. Por eso, cuando había oído hablar de la hija del senador de manera poco justa y sin ningún respeto, había preferido esperar a conocerla. Era posible que se le hubiese escapado algo, pero a él le había parecido bien.

Aquella era su primera misión como diplomático y estaba en un lugar en el que no había pretendido estar en aquel momento de su vida, ni nunca, pero estaba intentando sacar el mayor partido de una situación desafortunada.

Le habían advertido que cuando uno trataba con políticos estadounidenses, en especial con alguien tan poderoso e influyente como el senador Tate, tenía que guardarse bien las espaldas. La familia real contaba con él para sacar adelante el tratado tecnológico, que era crucial tanto para el Reino Unido como para Estados Unidos.

En ambos países había habido importantes casos de piratería informática y telefónica y el tratado tecnológico daría a las autoridades internacionales las herramientas necesarias para hacer justicia con los culpables.

Gracias a la piratería informática, la prensa había desvelado que el presidente Morrow tenía una hija ilegítima, y lo había hecho durante la fiesta de inauguración de su propio mandato y delante de su familia, amigos y personas famosas. Aún peor, su supuesta hija, Ariella Winthrop, había estado a tan solo unos metros de él en el momento en que se había descubierto la noticia y a ella también la había pillado completamente por sorpresa.

Estados Unidos por fin quería negociar. Dependía de Colin que todo saliese bien.

Había recorrido la mitad del camino que llevaba a la mansión cuando el senador Tate lo alcanzó.

–Lo siento mucho –insistió este.

–De verdad que no pasa nada.

–No es ningún secreto que Rowena ha tenido problemas en el pasado –comentó el senador–, pero ha trabajado duro para superarlos.

No obstante, a Colin le parecía que el senador la ataba demasiado corto. Era una tontería disgustarse por una mancha de pintura.

–Todos hemos hecho cosas de las que no estamos orgullosos –respondió.

El senador guardó silencio unos segundos y después, con gesto preocupado, añadió:

–¿Puedo ser sincero contigo, Colin?

–Por supuesto.

–Tengo entendido que tienes fama de conquistador.

–¿De verdad?

–No pretendo utilizar eso contra ti –añadió el senador–. Tu vida no es asunto mío.

Colin no podía negar que había salido con muchas mujeres, pero no era ningún canalla. Nunca salía con ninguna sin antes dejarle claro que no iba a prometerle nada.

–Señor, yo creo que la gente exagera.

–Eres joven, estás en la flor de la vida, así que te entiendo.

Colin supo que el senador todavía no había terminado de hablar.

–En otras circunstancias, ni siquiera sacaría el tema, pero voy a acogerte en mi casa durante varios días y quiero dejarte claro que espero que cumplas determinadas normas.

¿Normas?

–Mi hija puede llegar a ser muy… impulsiva. En el pasado fue el blanco de hombres sin escrúpulos que pensaban que podían utilizarla para llegar a mí. O, simplemente, que podían utilizarla.

–Señor, le aseguro que…

El senador levantó una mano para hacerle callar.

–No es una acusación.

A Colin se lo había parecido.

–Dicho eso, debo insistir en que, mientras estés en mi casa, consideres a mi hija como algo prohibido.

No se podía ser más directo.

–¿Puedo confiar en ti, hijo?

–Por supuesto –respondió Colin, que no sabía si sentirse menospreciado o divertido, o si debía compadecer al senador–. Estoy aquí para trabajar en el tratado.

–Me alegro. Vamos a ponernos a trabajar.

Capítulo Dos

Después de un largo día colaborando con el senador de manera muy productiva, y después de haber cenado con él y con un par de amigos suyos, Colin buscó un lugar tranquilo cerca de la piscina para relajarse. Esta estaba alejada de la mansión y era el único lugar en el que se sentía realmente solo de toda la finca. Y necesitaba estar solo.

Se puso cómodo en una tumbona y observó el cielo estrellado mientras se bebía una copa del mejor whisky del senador.

Cuando sonó su teléfono, le sorprendió un poco ver el número de su hermana en la pantalla. En Londres solo eran las cinco y media de la mañana.

–Qué temprano te levantas –le dijo a modo de saludo.

–Mamá ha pasado mala noche –le contó ella–, así que me he puesto a ver la televisión. Solo quería ver cómo lo llevas.

–Está siendo… interesante.

Le contó la advertencia que le había hecho el senador y su hermana pensó que era broma.

–Te aseguro que es verdad.

–¿Su padre te ha dicho que la consideres prohibida?

–Como lo oyes.

–¡Qué mal educado!

–Al parecer, tengo fama de mujeriego.

Lo cierto era que, en otras circunstancias, podría haberle interesado Rowena, con su pelo color fuego y sus ojos verde esmeralda, pero era perfectamente capaz de resistirse a una mujer bonita.

–Tal vez debieses venir a casa –le dijo Matty.

Se refería a Londres, por supuesto. A pesar de que Colin había pasado la mayor parte de su convalecencia allí, ya no la sentía como su casa. Para él su casa había sido el internado y, después, todos los países por los que había ido pasando.

–Lo has pasado mal, y todavía te estás recuperando –insistió Matilda.

Tenía veinte años más que él y siempre había sido más una madre que una hermana. Sobre todo, después del accidente de helicóptero.

Sí, era una suerte que estuviese vivo, pero obsesionarse con el pasado era contraproducente. Las heridas más graves estaban curadas y necesitaba continuar con su vida. Sabía que no podría olvidarlo del todo, ni quería hacerlo. Estaba orgulloso de haber servido a su país. En el fondo, siempre sería un guerrero.

–Sé que lo haces por el bien de la familia –le dijo Matilda–, pero no entiendo que te metas en política.

Matilda había pasado la mayor parte de su vida

alejada de la familia real y del mundo, y no comprendía la necesidad de aquel tratado.

–Necesito hacer esto. Han violado demasiadas veces la intimidad de nuestra familia, han hecho demasiado daño a nuestra reputación. Tengo que terminar con esto. Necesitamos el tratado.

–A mí el que me preocupas eres tú –insistió su hermana–. ¿Estás bien abrigado?

Colin se echó a reír.

–Estoy en el sur de California, Matty. Aquí no hace frío.

Charlaron un par de minutos más y después Matilda empezó a bostezar.

–Deberías intentar dormir un rato –le dijo él.

–Prométeme que te vas a cuidar.

–Te lo prometo. Te quiero, Matty, saluda a mamá de mi parte.

–Yo también te quiero.

Colin terminó la llamada, se metió el teléfono otra vez en el bolsillo y cerró los ojos para repasar mentalmente todo lo que había hecho aquella tarde y el trabajo que todavía tenía por delante. El senador era un hombre concienzudo y había insistido en diseccionar el tratado. Sería un proceso lento y penoso. Y lo mismo ocurriría en el Reino Unido antes de sacarlo adelante.

Debió de quedarse dormido, porque se despertó de repente al oír que alguien se zambullía en el agua. Se incorporó y parpadeó, desorientado.

Había vivido en tantos lugares que cuando se

despertaba de un sueño profundo le costaba trabajo ubicarse.

Estaba en la mansión del senador. En la piscina.

No supo si había oído a alguien zambullirse o si lo había soñado. Vio moverse algo en el agua, al otro lado de la piscina. Y entonces vio la inconfundible melena roja.

Rowena buceó y volvió a emerger al llegar al otro extremo de la piscina, muy cerca de donde estaba él. Se dio la vuelta y nadó en dirección contraria. Él se quedó allí, como hipnotizado por los graciosos movimientos de su cuerpo. Ella estuvo un rato nadando de un lado a otro, hasta que por fin se detuvo en el lado que estaba más lejos de él y se quedó agarrada al bordillo, aparentemente agotada, sin aliento. Pero no llevaba ni un minuto parada cuando volvió a empezar a nadar.

Colin se puso a pensar en el senador, en sus ridículas normas y en que el hecho de que él estuviese allí, observando a su hija, podía malinterpretarse.

Cuanto más lo pensaba, peor le parecía. Podía marcharse sigilosamente, pero si alguien lo veía, pensaría que tenía algo que ocultar. Así que tal vez lo mejor fuese desvelar su presencia y, después, marcharse a su habitación.

***

Todavía enfadada porque su padre la hubiese regañado delante del personal al enterarse de que se había pasado en treinta dólares del presupuesto que tenía ese mes para material artístico, Rowena intentó aplacar su frustración nadando hasta que dejó de sentir los brazos y las piernas.

Llevaba tres años, dos meses y seis días sin beber, y su padre todavía estaba esperando a verla fracasar.

Y, a pesar de no poder negar que había cometido muchos errores, eran errores que había pagado sobradamente.

Había hecho todo lo que su padre le había dicho, pero no era suficiente. Tal vez jamás fuese suficiente. Siempre sería la oveja negra, nunca conseguiría ganarse su amor ni complacerlo.

Era difícil impresionar a un hombre que no quería que lo impresionasen.

Cuando terminó de nadar estaba tan cansada que casi no tenía fuerzas de salir de la piscina.

–Menudo entrenamiento –le dijo una voz que Rowena no reconoció.

Sobresaltada, se dio la vuelta y vio solo la sombra de una figura grande, intimidante. El corazón dejó de latirle en el pecho y se imaginó a un violador o a un asesino en serie. Pensó que José, el chico que se ocupaba de la piscina, descubriría su cadáver flotando en el agua a la mañana siguiente.

Su cerebro le dijo que saliese corriendo y ella retrocedió un paso y notó que se caía hacia atrás, hacia la piscina. De repente, alguien la agarró de la cintura y tiró de ella.

Pero Rowena se resistió y, en vez de conseguir que la soltasen, hizo que ambos cayesen.

Al aterrizar en el agua, Rowena recordó a quién pertenecía la voz que había oído unos segundos antes. Lo vio salir del agua a su lado, escupiendo y jurando, y solo pudo pensar que su padre iba a matarla.

Si Colin no lo hacía antes.

–¿Se puede saber por qué has hecho eso? –inquirió este.

–Lo siento mucho –respondió ella.

Colin se agarró al bordillo y salió del agua. Ella se sentía tan aliviada al ver que no iban a asesinarla, que no tuvo fuerzas para imitarlo.

–Deja que te ayude –le dijo él, agachándose.

Al verla dudar, añadió en tono exasperado:

–Agarra mi mano.

Si no aceptaba su ayuda tendría que nadar hasta las escaleras, que estaban al otro lado, y Rowena no supo si tendría fuerzas, así que agarró su mano y dejó que la sacase del agua. Era un hombre fuerte, así que era raro que hubiese conseguido tirarlo a la piscina. Tal vez la adrenalina le hubiese dado fuerzas sobrehumanas. En cualquier caso, en esos momentos Rowena se sentía débil, estaba temblando y tenía frío.

Colin tomó su toalla de la silla en la que la había dejado, pero, en vez de secarse él, la envolvió con ella.

Llevaba un bañador bastante recatado, pero, no obstante, se sintió expuesta.

Él, por su parte, no debía de haber ido a la piscina a nadar. Lo vio sacarse un teléfono que parecía muy caro del bolsillo y tocar varias teclas. Nada.

Si Colin le contaba aquello a su padre, sería mujer muerta.

–Lo siento mucho, pero no sabía que hubiese nadie. Normalmente, tengo la piscina para mí sola.

–No pretendía asustarte –le dijo él–. Me he sentado un rato junto a la piscina y he debido de quedarme dormido. Me he despertado cuando te has tirado.

–Tu teléfono… ¿se salvará?

–Lo dudo –respondió Colin, volviendo a guardárselo en el bolsillo.

–Lo siento mucho. Primero la mancha de pintura en los pantalones y, ahora, esto.

Ella pensó que también se le había estropeado el jersey.

–¿Podrías prestarme una toalla? –preguntó Colin.

–¡Por supuesto!

Era lo mínimo que podía hacer, después de haberle estropeado el teléfono, el jersey y… ¿los zapatos de piel?

–Están en la caseta de la piscina.

Él la siguió y, mientras oía el ruido de sus zapatos en los baldosines, Rowena rezó porque no llevase también un carísimo reloj que no pudiese mojarse.

La puerta estaba cerrada y ella no tenía las llaves, así que buscó la que había escondida y entró. Dio las luces y parpadeó mientras sus ojos se acostumbraban al resplandor.

Aquello era la caseta de la piscina, pero tenía el tamaño y el equipamiento de un apartamento.

Colin se quitó los zapatos y la siguió. Ella entró en el baño, que también tenía acceso a la zona de la piscina, tomó una toalla de playa y volvió a salir justo cuando Colin se estaba quitando el jersey y dejando al descubierto un musculado pecho.

Entonces se giró a colgar el jersey en el pomo de la puerta y Rowena contuvo la respiración.

Tenía la espalda cubierta de cicatrices rosadas.

Intentó borrar el gesto de sorpresa de su rostro cuando Colin se giró hacia ella. A excepción de las cicatrices, no podía tener un cuerpo más perfecto.

Le tendió la mano.

–¿La toalla?

–Lo siento –repitió ella, dándosela.

–Estás perdonada –le dijo él en tono exasperado–. ¿Te importaría dejar de disculparte?

–Lo sien...

Él la fulminó con la mirada.

Rowena se encogió de hombros.

–Es la costumbre.

No pudo evitar sentir una punzada de deseo

al verlo secarse y pensó que aquello era lo último que debía sentir en esos momentos.

Parecía un tipo razonable, así que le preguntó:

–¿Puedo hacer algo para que mi padre no se entere de esto?

Él le sonrió de manera adorable.

–Será nuestro secreto.

La idea de compartir un secreto con él hizo que a Rowena se le acelerase el corazón. Se maldijo; tenía veintiséis años, pero estaba reaccionando como una adolescente.

–¿El senador pide perfección? –preguntó Colin.

–Es muy exigente, sí –le dijo ella.

–Me he quedado impresionado con la guardería.

–Gracias –le dijo ella. Y, luego, sin saber por qué, añadió–: Fue idea mía.

Él la miró con lo que parecía ser verdadero interés.

–¿No me digas?

Y Rowena no puedo evitar continuar.

–Mi padre siempre ha tenido proyectos relacionados con la familia. La guardería, que tiene precios asequibles, para familias trabajadoras, es uno de sus proyectos. Así tiene contentos a sus empleados y, además, da una buena imagen.

–¿Así que el proyecto es de los dos?

Rowena negó con la cabeza.

–No, no. En absoluto. El proyecto es suyo. Yo

me divertí mucho ayudándolo a hacerlo realidad. Recorrí guarderías de toda la ciudad y busqué ideas en Internet.

Él la miró sorprendido.

–Entonces, ¿por qué dices que no es tu proyecto?

Rowena pensó que lo mejor sería dejar de hablar.

–Porque no soy yo la que firma los cheques.

–Firmar los cheques es la parte fácil –le dijo Colin, como si lo supiese por experiencia–. Tengo la sensación de que tú haces el trabajo duro. El trabajo de verdad.

Si el senador se enteraba de que se estaba llevando ella el mérito de la guardería, se volvería loco.

–Yo no hago nada, la verdad.

–Pues, para no hacer nada, te veo muy orgullosa de lo que haces. Y no es para menos.

Ella pensó que no merecía la pena sentirse orgullosa si eso implicaba enfadar a su padre. ¿Por qué habría sacado aquel tema de conversación?

–Te veo nerviosa –comentó Colin.

–A veces mi boca funciona con independencia de mi cerebro, y digo cosas que no debería decir.

–¿Te sentirías mejor si te digo que lo que tú y yo hablemos en privado no llegará nunca a oídos del senador?

Rowena suspiró aliviada.

–La verdad es que te lo agradecería.

–Aunque es una pena que tengas que ocultar tus logros.

Lo hacía por instinto de supervivencia.

–Mi relación con mi padre es... complicada. Y lo mejor es que yo intente no meter la pata.

–Me parece que te entiendo.

¿De verdad la entendía?

Rowena se miró el reloj.

–No me había dado cuenta de lo tarde que es. Tengo que volver a casa o Betty pensará que me he ahogado.

–¿El ama de llaves?

Ella asintió.

–Se queda con Dylan mientras yo nado. Solo suelo tardar cuarenta minutos.

Se quedó pensativa.

–¿Has dicho que te habías despertado al oírme saltar al agua?

–Eso es.

Pero no le había dicho nada hasta que había terminado de nadar. ¿Qué había hecho durante todo ese tiempo?

–Sí –le confirmó Colin, como si le hubiese leído la mente–. He estado viéndote nadar, a pesar de saber que no debía hacerlo. La única excusa que puedo poner es que me he quedado hipnotizado.

Tomó su mano y... Rowena sintió un cosquilleo. Colin tenía las manos grandes, fuertes y un poco ásperas.

–Espero que aceptes mis disculpas –añadió.

Ella pensó que aquel tipo era bueno. Cometió el error de mirarlo a los ojos y sintió que se perdía en la profundidad azul de su mirada.

–¿Por qué cuando algo es prohibido uno lo desea todavía más? –le preguntó él sin apartar los ojos de los suyos.

«Ven aquí, conmigo», deseó decirle Rowena. Entonces recordó que era un político y que, por sincero que pareciese, poseía la habilidad de mentir muy bien.

No obstante, no pasaba nada por coquetear un poco, ¿no?

Colin bajó la vista a sus labios y eso hizo que ella mirase su boca también. No pudo evitar desear besarlo.

Él levantó su mano y se la llevó a los labios para darle un beso en el dorso, y Rowena se sintió flotar. Había pasado mucho tiempo desde la última vez que los labios de un hombre la habían tocado.

–Ha sido un placer hablar contigo –le dijo Colin.

–Tal vez podamos repetirlo –le respondió ella.

–Tal vez –dijo él, soltando su mano muy despacio.

«No te marches», pensó Rowena. Pero, al parecer, Colin no era capaz de leerle la mente, porque se dio la media vuelta y se marchó.

Ella lo observó en silencio y deseó que aquello se volviese a repetir a pesar de saber que no era buena idea.

***

Cuando Rowena llegó a su habitación Betty, la interna, estaba tumbada en el sofá viendo la reposición de *Dinastía*.

–Has debido de nadar mucho –comentó Betty, sentándose y apagando la televisión.

–Lo siento mucho, Betty. No pensé que iba a tardar tanto.

–No te preocupes, no tenía nada más emocionante que hacer –admitió Betty.

No le preguntó por qué había tardado más de lo habitual, y Rowena tampoco le dio explicaciones.

Se levantó lentamente del sofá y estiró la espalda. Llevaba trabajando en casa desde que Rowena era un bebé y la había enseñado a hacer galletas, le había hablado de los pájaros y las abejas, la había llevado a comprar su primer sujetador. Y, cuando Rowena había luchado contra sus adicciones, Betty había sido la única persona que nunca había perdido la confianza en ella. Pero se estaba haciendo mayor y antes o después tendría que jubilarse.

–¿Se ha despertado Dylan?

–No ha dicho ni pío.

–Gracias por quedarte con él –le dijo Rowena, dándole un abrazo.

–De nada, cariño. ¿Vengo mañana a la misma hora?

–Si no te importa.

Betty ya estaba en la puerta cuando ella le preguntó:

–¿Qué te ha parecido el invitado de mi padre?

–¿El señor Middlebury? Parece agradable y muy educado. Supongo que será un ligón, teniendo en cuenta que está como un tren –comentó–. ¿Se sigue utilizando esa expresión?

–Sí, se sigue utilizando.

–Bueno, pues está como un tren. Si yo tuviese treinta años menos... –añadió sonriendo–. ¿Por qué me lo preguntas?

Rowena se encogió de hombros.

–Solo por curiosidad.

–¿Te interesa?

Ella negó con la cabeza.

–En absoluto. Ya sabes que no salgo con políticos.

–Pero si no es un político. Solo está aquí para hacerle un favor a su familia. Han debido de pensar que tendría más influencia en Washington porque es un héroe de guerra.

A Rowena que no fuese político le pareció interesante.

–Al parecer, sabes muchas cosas de él –comentó.

–Hemos charlado en un par de ocasiones. Tú también deberías hablar con él.

Rowena no le confesó que ya lo había hecho.

–Lo pensaré.

Cuando Betty se marchó, Rowena fue a ver a

Dylan, que estaba profundamente dormido en su cuna. Después se puso el pijama y se metió en la cama con el ordenador para mirar su correo que, normalmente, no era nada importante.

Iba a cerrar el ordenador cuando se le ocurrió buscar información acerca de Colin.

Los resultados no fueron columnas y fotografías acerca de sus conquistas, sino noticias que hablaban de Colin Middlebury como un héroe de guerra.

Al parecer, se lo había ganado a pulso.

Durante su última estancia en Oriente Medio había sufrido un accidente de helicóptero del que había salido mal parado y que había hecho que pasase primero un mes en el hospital y después ocho semanas más en una clínica de rehabilitación.

Al parecer, había tenido mucha suerte. La única marca que tenía era una pequeña cicatriz en la ceja. Eso, si no se quitaba la ropa, pero Rowena prefirió no pensar en Colin sin ropa. ¿Echaba de menos salir con hombres? En ocasiones. Pero no los necesitaba para nada, ni dentro ni fuera del dormitorio.

Aunque eso no significase que no fuese divertido.

Capítulo Tres

Al día siguiente Rowena tuvo la sensación de que el tiempo pasaba muy despacio. Intentó mantenerse ocupada, haciendo pedidos, organizando clases y buscando en Internet ideas de manualidades. Entonces, de repente, apareció en su mente la imagen de Colin en la caseta de la piscina, con el pecho desnudo, los brazos fuertes, y se olvidó de lo que estaba haciendo.

Se preguntó si volvería a ir a la piscina esa noche. Tal vez, después de hablar con ella, no le había parecido atractiva.

Estuvo nerviosa y distraída toda la tarde y, durante la cena, mientras Dylan le contaba lo que había estado haciendo, ella lo escuchó solo a medias. ¿Y si Colin se presentaba en la piscina? ¿Qué haría?

Aunque le gustase, y a ella le gustaba él, solo iba a estar allí un par de semanas. Nunca podrían tener una relación.

Rowena pensó que era una persona adulta y responsable. Era madre. Su época de aventuras y líos de una noche se había terminado el día que había averiguado que estaba embarazada. Era demasiado… indigno.

No tenía que importarle que Colin fuese a la piscina o no, pero ¿por qué se sintió decepcionada cuando fue a nadar y vio que no había nadie?

Cuando terminó, pensó en pasar por su habitación antes de irse a dormir. Solo para decirle que le había gustado mucho hablar con él, que si necesitaba algo, solo tenía que decírselo.

«Rowena», se imaginó que le diría Colin, «solo te necesito a ti».

Y se lo imaginó, cómo no, sin camisa y recién salido de la ducha, en el pecho todavía cubierto de gotas y el pelo húmedo y alborotado. Se imaginó a Colin tendiéndole la mano y haciéndola entrar su habitación, cerrando la puerta...

Pero Rowena fue a su propia habitación. Sabía que era poco probable que su sueño se hiciese realidad, y le asustaba pensar en lo que ocurriría si se cumplía.

A la mañana siguiente, consiguió no pensar mucho en él, hasta que volvió a casa y lo vio hablando con el abogado de su padre en el patio trasero de la mansión.

–Hola, Colin –le dijo sonriendo emocionada.

–Hola, señorita Tate –respondió él sin sonreír.

Decepcionada, Rowena puso los hombros rectos y siguió andando. No tenía ningún motivo para sentirse defraudada, solo había hablado con él una vez. Aun así, a la hora de volver a la guardería prefirió salir por la puerta principal y dar más vuelta, con tal de no volver a verlo.

–¿Por qué has venido por ahí? –le preguntó Tricia.

–Para hacer ejercicio –respondió ella antes de encerrarse en su despacho.

Por la tarde, Davis, un niño de diez años que era hijo de una empleada de su padre, se cayó de un columpio y Rowena tuvo que ponerle hielo en el brazo mientras esperaba a que su madre llegase y se lo llevase a urgencias.

Después hizo un informe acerca del incidente y se sentó a escuchar cómo la reprendía su padre delante de Dylan, nada menos, porque, naturalmente, había sido culpa suya.

–Davis *tene* pupa hoy –dijo el niño mientras Rowena lo metía en la cama esa noche.

Ella lo tapó hasta la barbilla.

–Sí, tiene pupa, pero su madre ha llamado y ha dicho que está bien. No se ha roto nada.

Dylan pareció quedarse más tranquilo al oír aquello. A pesar de sus carencias físicas, era muy inteligente y empático para ser un niño de dos años y medio.

–Abuelo enfadado *cotigo* –añadió.

–No, no está enfadado –mintió Rowena–. Solo estaba preocupado por Davis, pero Davis está bien, así que no ha pasado nada.

Estaba cansada de disculpar el comportamiento de su padre. Dylan adoraba a su abuelo, pero pronto se daría cuenta de la clase de hombre que era en realidad.

Rowena se inclinó a darle un beso de buenas

noches y su hijo le hizo la misma pregunta que le hacía todas las noches desde que había aprendido a hablar.

–¿Cama *gande?*

Ella suspiró y le acarició el pelo rojizo y rizado.

–Sí, cariño, pronto tendrás una cama de chico grande.

Se sentía mal por privarle de algo que deseaba tanto, pero no quería arriesgarse. Sabía que en la cuna estaba seguro, que no podía caerse.

Dylan sonrió y, con su coche favorito en la mano, se puso de lado y cerró los ojos. Era muy pequeño para su edad. Pequeño e indefenso. Y Rowena todavía no estaba preparada para verlo crecer.

Se inclinó y le dio otro beso.

–Te quiero –le susurró.

–Y yo –respondió él.

Le apagó la luz, comprobó que el intercomunicador estuviera encendido y salió de la habitación. Necesitaba descansar y tener algo de tiempo para ella, pero odiaba dejar solo a Dylan.

Se puso el bañador, pero como todavía faltaban veinte minutos hasta que llegase Betty, encendió la televisión. Estaba en la American News Service, la cadena que había sacado el escándalo de la hija del presidente. La presentadora, Angelica Pierce, estaba hablando de análisis de sangre y pruebas de paternidad, y de que Ariella, la supuesta hija ilegítima del presidente y Eleanor, que había sido su novia en el instituto, no habían hecho ninguna declaración. Angelica era una presentadora despiadada, que disfrutaba con los escándalos y haciendo sangre.

De repente, cuando ya iba a apagar la televisión, se dio cuenta de que había algo en la presentadora que le resultaba familiar.

Tomó el teléfono y llamó a su amiga y compañera de internado, Caroline Crenshaw. Cara había trabajado hasta hacía poco tiempo como experta en relaciones públicas para la Casa Blanca, y siempre había mantenido a Rowena al corriente de los cotilleos de Washington. No se dio cuenta de la diferencia horaria hasta que Max, el prometido de Cara, respondió a la llamada.

–Siento llamar tan tarde –le dijo–. ¿Esta Cara todavía despierta?

–Aquí está –le dijo Max.

Unos segundos después se ponía Cara al teléfono.

–Hola, Row, ¿va todo bien?

Rowena la había llamado muchas veces, borracha y a altas horas de la noche, por lo que era normal que Cara se temiese lo peor.

–Todo bien. Quería hacerte una pregunta y se me ha olvidado la diferencia horaria, nada más.

–Menos mal. Pensé que le había pasado algo a Dylan.

O, tal vez, que ella había vuelto a meterse en un lío, pero Rowena no podía culparla.

–Dylan está durmiendo. ¿Por casualidad tienes la televisión encendida?

–Sí, estábamos viendo las noticias.

–¿Las de NCN?

–Por supuesto.

Era lo normal, ya que Max era presentador de esa cadena.

–¿Puedes poner ANS un momento?

–Cómo no, ¿qué ocurre?

–¿Has visto a Angelica Pierce?

–Sí. De hecho, he coincidido con ella en un par de ocasiones. Es una mujer que sabe lo que quiere y que está dispuesta a hacer cualquier cosa para conseguirlo. Me compadezco del que se interponga en su camino.

–¿No se te parece a nadie?

–No sé. Tiene algo que me intriga, pero creo que tiene que ver con su trabajo y con la campaña de acoso y derribo que ANS está haciendo contra el presidente.

–Mírala bien, y piensa en la época del internado.

–¿Del internado?

–¿Te acuerdas de Madeline Burch?

–Ah, me había olvidado de ella. ¡Qué loca!

Madeline había sido una chica inestable y tímida que siempre había dicho que su padre era un hombre muy rico que había pagado a su madre para que no hablase de él. Eso había hecho que sus compañeras pensasen que estaba como una cabra. El comportamiento de Madeline había llegado a ser tan impredecible que al final la habían echado del colegio.

–Mira a Angelica y piensa en Madeline.

–Vaya, tienes razón. Se parece a ella, pero es más guapa y elegante.

–¿Crees que podría ser ella?

–Podía haber cambiado de estilo y de nombre, pero ¿por qué?

–Buena pregunta. Se supone que los presentadores de televisión tienen que ser objetivos, pero ella disfruta mucho calumniando al presidente Morrow.

–A lo mejor es que es una bruja.

–¿Y si es Madeline Burch?

–No sé por qué se iba a cambiar de nombre, pero podemos investigarlo. Llamaré a alguno de mis antiguos contactos.

–Yo voy a buscar en Internet.

–Dame un par de días y te diré algo.

Después de colgar, Rowena encendió el ordenador y buscó información acerca de Madeline, pero no había nada después de que esta hubiese atacado a otra estudiante en Woodlawn Academy porque la otra chica le había dicho que era una mentirosa y una rara. Rowena buscó después información acerca de Angelica Pierce, pero era como si no hubiese existido antes de sus años de universidad.

A las nueve, cuando Betty llamó a la puerta, Rowena todavía no había encontrado nada importante.

Le mandó un correo a Cara y fue hacia la piscina. Estaba tan inmersa en sus pensamientos que casi no se dio cuenta de que había alguien sentado en una tumbona, en la tumbona de Colin. Pensó que era raro que fuese otra persona, y a pesar de lo frío que había estado él esa misma mañana, a Rowena le pareció de mala educación no saludarlo.

Al acercarse se dio cuenta de que tenía la cabeza inclinada hacia un lado y los ojos cerrados, y su respiración era lenta y profunda. Entre las manos, sobre el regazo, tenía una taza que parecía de té. Rowena pensó que si se despertaba sobresaltado cuando ella saltase al agua se le caería todo encima.

–¿Colin? –le dijo en voz baja para no asustarlo.

Pero él no se movió.

A Rowena se le ocurrió que tal vez lo mejor fuese quitarle la taza y dejarla encima de la mesa…

Agarró la taza y tiró suavemente de ella. Entonces lo miró a la cara y se dio cuenta de que tenía los ojos abiertos, clavados en ella.

Colin notó el té frío en la entrepierna y se dio cuenta de que tenía que haber mantenido los ojos cerrados hasta que a Rowena le hubiese dado tiempo a apartar la taza del todo, pero cuando un hombre soñaba que estaba con una mujer y abría los ojos y la veía con la mano a solo unos centímetros de su bragueta, era difícil no querer seguir viendo qué pasaba. Además, durante diez tensos segundos, había pensado que no era la taza lo que iba a agarrar.

–Oh, Dios mío. Cómo lo siento –dijo Rowena–. No puedo creer que se me haya caído. Por favor, dime que no estaba caliente.

Él dejó la taza en el suelo.

–La verdad es que estaba bastante frío.

–No te he hecho... daño ahí abajo, ¿verdad?

–Todo está bien «ahí abajo» –le aseguró él, que había conseguido agarrar la taza a tiempo.

Rowena le ofreció su toalla.

–No sé si te servirá de algo.

Colin se levantó y se inclinó a mirarse los pantalones. Luego, le devolvió la toalla.

–Yo creo que no merece la pena.

–Por cierto, que quería quitártela porque pensé que se te podía caer. Y, sí, ya sé que es toda una ironía.

–Tus empleados van a pensar que me pasa algo. Una noche llego empapado y, a la siguiente, todo manchado.

Rowena se mordió el labio inferior, probablemente para evitar echarse a reír.

–Si quieres puedo ir a tu habitación a buscarte unos pantalones limpios. O puedo prestarte un bañador, siempre hay alguno en la caseta de la piscina.

–Prefiero la idea del bañador –le dijo Colin, que no quería que el padre de Rowena viese a esta entrando o saliendo de su habitación. Al menos, allí no podía verlos nadie.

–Vamos a ver.

Rowena fue corriendo hacia la caseta, abrió la puerta y encendió las luces. En la oscuridad, Colin había pensado que llevaba un vestido, pero se dio cuenta de que era un pareo y que debajo llevaba un biquini. Se preguntó si se lo habría puesto adrede, por si acaso volvían a encontrarse junto a la piscina. En cualquier caso, daba igual. Rowena estaba fuera de su alcance.

–En el baño hay una estantería con bañadores –le dijo esta–. Ponte el que quieras.

Colin encontró uno que parecía de su talla, se quitó los pantalones mojados y los calzoncillos y se dio cuenta de que también se le había mojado la camisa, así que se la quitó también. Cuando salió del baño, Rowena estaba en la cocina, inclinada delante de la nevera. El pareo se ajustaba a la curva de su trasero y dejaba al descubierto la piel cremosa de sus muslos.

Colin se maldijo.

–He encontrado bañador –anunció.

Ella se incorporó y se dio la vuelta con una lata de refresco en la mano. Miró el bañador y después levantó la vista.

Colin supo lo que estaba pensando, así que se explicó:

–También se me había mojado la camisa.

–Qué grande –dijo ella–. El bañador.

–Bueno, tenía que elegir entre este y uno de nadador.

Rowena abrió la boca para decir algo, pero después sacudió la cabeza.

–¿Quieres un refresco o prefieres algo más fuerte?

Colin pensó que no podía tener lo que quería. Necesitaba darse una ducha de agua fría. Y lo que tenía que hacer era marcharse de allí.

Lo haría en cuanto se hubiese tomado algo.

–El refresco está bien.

Rowena sacó dos vasos de un armario, sirvió el refresco y le puso hielo.

Luego le dio un vaso y sus dedos se rozaron. Colin tuvo la sensación de que Rowena había temblado.

Entonces se dio cuenta de que no tenía que estar allí. Tenía que haberse quedado en su habitación, viendo la televisión.

«Haz lo que has venido a hacer».

–Te he buscado en Google –le dijo ella.

–¿Sí?

–Vi las cicatrices de tu espalda y sentí curiosidad. Cuando mi padre dijo que eras un héroe de guerra, pensé que estaba exagerando, pero es verdad.

Él se encogió de hombros.

–Es una cuestión de opinión.

–He leído que, a pesar de tener una pierna rota, sacaste a otro hombre de un helicóptero en llamas. Es un gesto muy valiente, Colin.

–Lo cierto es que no me acuerdo de lo que ocurrió. Me acuerdo de la tormenta y de que el helicóptero empezó a caer. Y después me acuerdo de ver el helicóptero destrozado desde fuera. Pensé que William debía de estar dentro y, a pesar de que casi no podía tenerme en pie, me dejé llevar por la adrenalina y volví al helicóptero a buscar a mi compañero.

–¿Había humo?

Colin asintió.

–Un humo oscuro y espeso. Y mucho polvo. No se veía nada y casi no podía respirar. El helicóptero no explotó hasta que nos hubimos alejado de él. Entonces perdí el conocimiento, pero por suerte William estaba consciente y pudo apagar el fuego de mi espalda y apartarme del aparato todavía más. Cuando me desperté, estaba en el hospital.

–¿Y si no lo hubieses sacado del helicóptero?

–Se habría abrasado vivo, pero él habría hecho lo mismo por mí.

–Tiene mujer y cuatro hijos.

Colin asintió, sabía lo que Rowena quería decir.

–Sé que me han catalogado de héroe, pero yo no lo veo así. Cualquier otro soldado habría hecho lo mismo que yo hice por William.

–Pero eso no significa que tenga menos valor.

Él no lo veía así.

–¿Vas a volver al ejército alguna vez?

–Jamás. Mi pierna no me lo permite, pero soy un guerrero, así que no puedo quedarme sentado detrás de un escritorio.

–Entonces, ¿qué vas a hacer?

–Tengo un amigo en una empresa de seguridad que me ha ofrecido trabajo. Lo único que me frena es la pierna.

–¿Te sigue doliendo?

–A veces.

Casi siempre, pero no como antes. No tanto como justo después de la operación.

–¿Y la espalda? –le preguntó Rowena.

–La tengo sensible, pero no me duele.

–¿Puedo… tocarla?

Estaba jugando con fuego, pero ¿quién estaba más loco, el que encendía el fuego o el que le daba las cerillas para hacerlo?

Colin bajó la vista a sus labios carnosos y rosados, que prácticamente le estaban rogando que la besase. Rowena sacó la lengua para humedecérselos…

Y él se maldijo. Tenía que parar aquello de inmediato.

–Rowena –empezó, dejando el vaso–. Tenemos que hablar.

–Ocurre algo.

–Necesito disculparme por lo de la otra noche. Y por esta mañana.

–De acuerdo.

–La otra noche fui… muy directo. Y me temo que has podido llevarte una impresión equivocada.

–Tal vez –admitió ella.

–Y esta mañana he sido muy antipático contigo, lo siento.

–¿Pero?

–Me gustas, Rowena, pero no puedes gustarme.

–¿Por mi reputación? ¿Te preocupa manchar tu nombre?

–¡No! No tiene nada que ver con eso. Se trata de tu padre.

Ella frunció el ceño.

–¿Qué pasa con mi padre?

–Después de que nos presentase, hablamos de ti. Me advirtió claramente que no me acercase a ti.

Capítulo Cuatro

Rowena se sintió como si acabasen de darle una patada en el estómago.

No supo qué decir, estaba furiosa.

Su padre controlaba el lugar en el que trabajaba, su casa, las decisiones relacionadas con la medicación de su hijo. ¿Y también quería controlar su vida social? ¿Qué sería lo siguiente? ¿Iba a empezar a elegirle la ropa? ¿La marca del champú? ¿Iba a continuar quitándole independencia?

Llevaba tres años cumpliendo sus normas y haciendo y diciendo lo que se esperaba de ella, pagando por sus pecados una y otra vez. Y, aun así, su padre nunca tenía suficiente. Jamás le permitiría que volviese a vivir su vida. ¿Qué tenía que hacer para que confiase en ella? ¿Cómo podía demostrarle que había cambiado?

Tal vez hubiese estado equivocada todo aquel tiempo, tal vez aquello no tuviera nada que ver con la confianza. A lo mejor su padre solo quería tenerla bajo su control.

En ese momento lo odió.

–Yo creo que solo está preocupado por ti –comentó Colin.

–No es eso –respondió ella con voz tensa.

–Lo siento –le dijo Colin–. Te has disgustado.

Ella respiró hondo para intentar calmarse.

–Quiero dejarte clara una cosa: mis relaciones sociales no son asunto de mi padre.

–Yo pienso lo mismo, pero no puedo arriesgarme a que deje de apoyar el tratado. Ya hemos llegado muy lejos.

–¿Te ha dicho que haría eso?

–No directamente, pero lo ha insinuado.

Rowena estaba enfadada, se sentía avergonzada y humillada y sentía asco, asco de su padre y de ella misma.

–¿Rowena? –le dijo Colin, tocándole el hombro–. ¿Estás bien?

Ella sacudió la cabeza y se limpió una lágrima con el dorso de la mano. No, no estaba bien. Su padre se había pasado de la raya. Y lo peor era que ella se lo había permitido.

Pero no iba a seguir permitiéndoselo. Iba a marcharse. No sabía cómo, pero ya lo decidiría. Su dignidad y su orgullo dependían de ello.

–Colin, ¿tú quieres besarme?

Él la miró fijamente.

–No pasa nada si me dices que no. Solo quiero saberlo.

–Sí, quiero besarte, pero...

–Y yo quiero que me beses. Por primera vez en más de tres años, he conocido a alguien que quiero que me bese. Y no voy a permitir que nadie, y mucho menos mi padre, me diga que no puedo hacerlo. Nadie sabe que estamos aquí, y yo no lo voy a contar. Así que, si de verdad quieres hacerlo, solo esta vez, bésame.

Él se acercó, la miró a los ojos y enterró la mano en su pelo. A Rowena se le aceleró el corazón y la respiración, inclinó la cabeza...

Cerró los ojos y notó cómo los labios de Colin acariciaban los suyos. Una vez, dos. Fue más una caricia que otra cosa. Y entonces se terminó.

Colin retrocedió sin dejar de mirarla.

¿Eso era todo?

Rowena no quería un beso cualquiera, quería un beso de verdad.

–Colin, no te ofendas, pero he esperado más de tres años para esto. Por favor, dime que eres capaz de hacerlo mejor.

Un segundo después, la estaba besando de verdad. Y Rowena pensó que había merecido la pena la espera. Lo abrazó por el cuello y enterró los dedos en su pelo.

Él le acarició las mejillas y las orejas suavemente. Después se apartó poco a poco, como si supiese que tenía que parar, pero no quisiese hacerlo. Y cuando lo hizo, Rowena se sintió vacía y aturdida.

–¿Qué tal ahora? –le preguntó él.

–Gracias –respondió ella, sonriente.

–Creo que es la primera vez que una mujer me da las gracias por besarla. No sé si las merezco.

–¿Por qué no?

Colin sonrió.

–Porque puedo hacerlo mejor.

¿Mejor? A Rowena le parecía difícil, pero no iba a llevarle la contraria.

–A ver, ¿qué te pasa?

Rowena levantó la vista y vio a Tricia apoyada en la puerta de su despacho.

–¿Qué quieres decir?

–No has dejado de sonreír en todo el día.

–¿No?

Tricia negó con la cabeza.

Ella intentó dejar de sonreír, pero no pudo.

–Es una sonrisa tonta, como de enamorada –le dijo Tricia–. Es evidente que hay algo que no me has contado.

Rowena pensó que si no podía confiar en su mejor amiga, ¿en quién iba a hacerlo?

–Cierra la puerta.

Tricia cerró la puerta y se sentó expectante en el borde de su escritorio.

–¿Y bien?

–No se lo puedes contar a nadie.

–Te prometo que no lo haré. ¿Has conocido a alguien? –le preguntó en un susurro.

–Me han besado –confesó Rowena.

–¿Solo eso? –preguntó Tricia decepcionada.

–Sí.

–¿Nada más?

–No. Solo nos hemos besado, pero no ha sido un beso cualquiera. Ha sido… como en el instituto. Ese beso perfecto en el asiento trasero de un coche que hace que te olvides de todo. Pierdes la noción del tiempo, del espacio e incluso de quién eres. Ha sido… perfecto.

–Vaya –comentó Tricia con gesto soñador–. Yo también quiero un beso así.

–Ha sido como estar en el paraíso.

–Tienes que contarme quién es él y cómo lo has conocido. ¿Por Internet? La gente hace mucho eso últimamente.

Rowena se echó a reír.

–No. No lo he conocido por Internet.

–Entonces…

En ese momento llamaron a la puerta. Tricia la abrió y Rowena se quedó de piedra al ver a Colin. Iba con pantalones de deporte y un jersey empapado en sudor.

–Hola, Colin –lo saludó con el corazón acelerado y preguntándose qué hacía allí.

–¿Tienes un minuto? –le preguntó él.

–Sí, claro. Tricia, ¿nos perdonas?

Tricia miró a Colin y luego a su amiga y lo entendió.

–Por supuesto –dijo.

Cuando la puerta se hubo cerrado, Rowena preguntó:

–¿Qué estás haciendo aquí? ¿Y si te ve alguien?

–Tu padre tenía una reunión y yo he decidido salir a correr. Si alguien pregunta, diré que he parado a beber agua.

–Colin, no puedes venir aquí. Dijimos que solo iba a ocurrir una vez.

–Pero no he podido dejar de pensar en ti desde entonces.

–Por favor, no digas eso –le pidió ella–. Solo me deseas porque no puedes tenerme.

–Eso no es cierto –la contradijo él. Rowena arqueó las cejas–. Bueno, a lo mejor un poco. ¿Qué quieres que te diga? Me gustan las emociones fuertes y el peligro. Tengo ansias de aventura.

–Si te dijese que sí y nos pillasen...

–No ocurrirá.

–Si ocurriese, me sentiría fatal.

–Rowena...

Volvieron a llamar a la puerta con fuerza.

–Soy yo, Row –dijo Tricia–. Te necesitamos.

–Abre la puerta –le dijo ella.

Tricia se asomó como si esperase encontrárselos medio desnudos.

–Ha habido un accidente en los columpios.

Rowena se levantó de golpe y fue hacia la puerta.

–No te asustes –le dijo Tricia–. No ha sido tan grave.

–¿Quién?

–De verdad que no es grave. A lo mejor hay que darle un par de puntos...

–¿A quién?

–A Dylan, pero...

Rowena ya había salido por la puerta y Colin la siguió.

–Por cierto, soy Tricia Adams –se presentó la otra mujer.

–Colin Middlebury –respondió él mientras salían al patio.

Sentada en el suelo había una chica que no debía de tener más de dieciocho años y en su regazo tenía a un niño pequeño, delgado y pálido, de aspecto frágil, con el pelo rojo y revuelto y los ojos muy grandes y expresivos.

Era evidente que se trataba del hijo de Rowena.

La chica estaba sujetando un paño manchado de sangre contra su cabeza, pero el niño no lloraba y ni siquiera parecía asustado.

–¿Qué ha pasado? –preguntó Rowena, tomando a su hijo en brazos con cuidado y examinando la herida.

–Ha tropezado y se ha dado en la cabeza contra el columpio –dijo Tricia.

–¿Iba corriendo?

Tricia asintió.

Rowena hizo que su hijo la mirara y le dijo en tono tranquilo, pero firme:

–Dylan, ¿qué te he dicho de correr en los columpios?

El pequeño hizo un puchero y se encogió de hombros.

–¿Se corre entre los columpios?

Al niño le empezó a temblar el labio inferior y negó con la cabeza.

–¿Y por qué te digo que no corras?

–Porque me caigo –respondió Dylan con voz temblorosa.

Colin no sabía mucho de niños, pero aquel no parecía tener mucho más de dos años.

–Pero has corrido de todos modos –continuó Rowena–. ¿Y qué ha ocurrido?

–Me he caído.

–Y te has hecho daño, ¿verdad?

El pequeño asintió.

–¿La próxima vez harás caso a mamá?

Él volvió a asentir y Colin no pudo evitar sentir pena por él. Pensó que Rowena tenía que darle por lo menos un beso, o hacer algo para que se tranquilizase.

Ella miró a Tricia.

–Creo que necesita un punto o dos. ¿Puedes quedarte al mando mientras lo llevo al hospital?

Cuando oyó la palabra hospital, Dylan abrió mucho los ojos y empezó a gritar.

–¡Hospital, no! ¡No, mamá, no!

–Tienes pupa en la cabeza, cariño. Hay que ir al médico.

El niño se puso a llorar desconsoladamente.

–¡No! ¡Médico no! ¡Hospital no!

Estaba aterrado. Colin se preguntó si realmente necesitaba puntos.

–¿Puedo echarle un vistazo? –intervino.

Rowena frunció el ceño y abrazó a Dylan contra su cuerpo.

–¿Por qué?

–Porque tengo algo de formación sanitaria y he visto muchos tipos de heridas. A lo mejor no necesita puntos. Ni ir a un hospital.

Al oír aquello, Dylan dejó de llorar y miró a Colin esperanzado.

–¿Te parece bien, cariño? –le preguntó Rowena a su hijo–. ¿Dejas que el señor Middlebury te eche un vistazo?

–¿Eres médico? –le preguntó el niño a Colin.

–No, no soy médico –respondió él–, pero sé ayudar a las personas heridas. ¿Me dejas que te vea?

Dylan dudó un instante y después asintió.

Colin hizo que bajase la cabeza y le separó el pelo manchado de sangre con cuidado para examinar la herida. El corte era pequeño, pero muy profundo.

–¿Te duele? –le preguntó al niño.

Este se encogió de hombros.

Si dejaban la herida así, podría infectarse. Eso se solucionaría con un punto o dos, pero el niño estaba asustado, así que a Colin se le ocurrió otra cosa.

–No creo que necesite puntos –le dijo a Rowena, que lo miró como si se hubiese vuelto loco.

–Es una herida muy profunda.

–¿Tienes un botiquín? –le preguntó él.

–Por supuesto, pero...

–Confía un poco en mí, Rowena.

Ella abrió la boca para contestarle, pero Colin añadió:

–¿Quieres que se traumatice todavía más, o me dejas por lo menos intentarlo?

Rowena miró a su hijo y después respondió:

–Puedes intentarlo, pero no le hagas daño.

–Lo primero de todo es lavar la herida.

–¿En el lavabo? –preguntó ella.

Colin asintió y siguió a Rowena al interior del edificio.

–¿Por qué no te sientas con él en el regazo y lo abrazas para que no se mueva?

Ella cerró la tapa del váter y se sentó con Dylan en brazos. Tricia le dio el botiquín a Colin.

Este buscó en él todo lo que iba a necesitar y lo dejó en el borde del lavabo. Luego le dijo a Dylan:

–Tengo que lavarte la herida y a lo mejor te pica un poco, pero si estás muy quieto no tendrás que ir al hospital.

El niño se quedó inmóvil mientras Colin le limpiaba la herida a conciencia.

–Estás siendo muy valiente –le dijo Rowena a su hijo, dándole un abrazo y un beso en la mejilla.

–Ahora sí que tienes que estar muy, muy quieto –insistió Colin, utilizando unas pinzas para tomar los pequeños mechones de pelo que había justo en el borde del corte.

Después de varios intentos, consiguió atárselos con fuerza, utilizando el pelo para cerrar la herida.

Tricia se echó a reír al verlo.

–¡Qué ingenioso!

–Solo funciona si el pelo es lo suficientemente largo –comentó Colin.

Después utilizó un vendaje líquido para sellar la herida y evitar que se infectase.

–Como nuevo –añadió, tocándole el pelo al niño–. ¿Te ha dolido?

Dylan levantó los dedos pulgar e índice para indicarle que le había dolido un poco.

–¿No vamos al hospital? –le preguntó después a su madre.

Esta sonrió.

–No, cariño, no vamos al hospital.

–Mantén la herida seca un par de días para que cierre bien –le aconsejó Colin.

–Lo he bañado esta mañana, así que no pasa nada –dijo ella, haciendo cosquillas a su hijo.

Este se echó a reír.

–¿Le das las gracias a Colin? –añadió su madre.

–Abrazo –dijo el niño extendiendo los brazos.

Rowena lo echó hacia delante y Colin se dio cuenta de que el niño quería un abrazo, así que se acercó para recibirlo. El niño lo apretó con fuerza por el cuello, le dio las gracias y un beso en la mejilla, y a él se le derritió el corazón.

Luego se lo devolvió a su madre, que dijo:

–Después de tantas emociones, creo que alguien necesita una siesta.

Dylan se giró hacia Colin y sonriendo de oreja a oreja le preguntó:

–¿Me tapas tú?

Capítulo Cinco

Al parecer, Colin había hecho un nuevo amigo. Rowena lo miró de manera inquisitiva.

Era posible que alguien los viese entrar juntos en la casa, pero aquellas eran circunstancias atenuantes. ¿Qué clase de hombre sería si le hubiese dicho al niño que no?

–Te tapo –le dijo Colin al niño.

–¿Estás seguro? –le preguntó Rowena.

–Por supuesto.

–Está bien –dijo ella, girándose después hacia Tricia–. Es probable que esté fuera el resto del día. ¿Te las arreglarás sin mí?

–Hay cuatro niños que no han venido porque están con gripe, así que no tendría que haber ningún problema.

–Ve a por tu mochila –le dijo Rowena a su hijo, dejándolo en el suelo.

Colin lo vio alejarse y se dio cuenta de por qué no debía correr por el patio. No andaba como un niño de su edad, le faltaba estabilidad y daba la sensación de que fuera a caerse en cualquier momento. Él también se había pasado las ocho semanas posteriores a su operación cojeando y utilizando muletas, pero tal y como le había dicho el médico, tenía suerte de seguir teniendo dos piernas.

Dylan volvió, pero cuando Rowena se inclinó a tomarlo en brazos, el niño le dijo:

–Tú no. Colin.

Rowena articuló las palabras «lo siento» en silencio, pero a Colin no le importó. Levantó al niño del suelo. Pesaba más de lo que parecía, así que cuando llegaron a la casa y subieron las escaleras para ir a la habitación de Rowena, a Colin se le estaban empezando a cansar los brazos.

La casa del senador era, en general, tan acogedora como un museo, con demasiados dorados. Sin embargo, la habitación de Rowena y Dylan era una explosión de colores. Estaba amueblada con una mezcla de cosas antiguas y modernas, con estampados alegres, y tenía una cocina ultramoderna, con encimeras de mármol y electrodomésticos de acero inoxidable. Nada pegaba, pero todo encajaba a la perfección, y a pesar de estar muy limpio, parecía estar muy usado y ser muy cómodo.

Era evidente que a Rowena le gustaba leer, porque había estanterías llenas de libros y revistas. Se la imaginó sentada en el banco que había bajo la ventana, echa un ovillo y leyéndole un cuento a Dylan. Aquella habitación iba muy bien con ella.

–La habitación de Dylan está aquí –lo guió Rowena.

Él la siguió por un corto pasillo cuyas paredes estaban prácticamente cubiertas de fotografías del niño. Empezaban con su nacimiento, en el que debía de haber habido serias complicaciones, y continuaban hasta una época más reciente. Dylan sonreía en todas las fotos, siempre parecía feliz.

No obstante, Colin no pudo evitar fijarse en que en todas las fotografías faltaba algo importante. El padre de Dylan.

¿Habrían tenido un mal divorcio? ¿Un accidente? ¿O, sencillamente, no formaba parte de su vida?

Enfrente de la habitación de Dylan debía de estar la de Rowena. Colin vio por la puerta abierta que estaba decorada en tonos suaves, cálidos, y olía a chica.

Rowena lo llevó hasta la cuna del niño.

–No quiero que parezca que soy un novato, pero ¿qué es lo que tengo que hacer? –le preguntó él.

–Colin necesita tu ayuda, Dylan –le dijo ella al niño–. Dile qué es lo que tiene que hacer.

El niño lo abrazó de nuevo con mucha fuerza. Colin no recordaba que lo hubiesen abrazado nunca con tanto entusiasmo ni cariño.

–Cuna –dijo el niño.

Colin lo dejó en la cuna, donde el niño se tumbó.

–¡Tapa!

Colin miró a Rowena para que le tradujese.

Esta señaló la manta que había colgada de las barreras. Él la tomó y tapó al pequeño.

–¿Qué tal?

–¡Bien! –contestó el niño.

Rowena se inclinó a darle un beso y lo tapó todavía más, hasta la barbilla.

–¿Te duele la cabeza? –le preguntó a su hijo.

El niño negó con la cabeza.

–Bueno, duérmete.

Salieron de la habitación de Dylan y Rowena cerró la puerta. Luego se apoyó en ella y enterró la cara en las manos.

–Soy una madre horrible.

–No eres una madre horrible –le aseguró Colin.

–Mi hijo se hace daño y lo primero que hago yo es regañarlo. ¿Qué clase de madre hace eso?

–¿Por qué no vamos a sentarnos al sofá para que Dylan pueda dormir?

Ella asintió y fueron a la zona del salón. Colin se sentó en el sofá y golpeó el cojín que había a su lado. Cuando ella se sentó, él le tomó la mano. No fue un gesto sexual, sino solo... reconfortante. Y a pesar de que Rowena estaba segura de que a Colin no le apetecía nada estar allí sentado escuchado sus tonterías, no pudo evitar ponerse a hablar.

–Me da pánico que Dylan me odie cuando sea mayor.

–No lo hará. Es evidente que te adora.

–Pero yo he hecho que se sienta todavía peor.

–Seguro que cuando se despierte se le habrá olvidado todo.

Ella negó con la cabeza.

–No conoces a Dylan. Se acuerda de todo.

–Entonces, tenía que haber recordado que no debía correr, ¿no?

–Es solo un niño. Y hay veces en las que soy demasiado dura con él.

–Rowena, escúchame. Estabas asustada y has reaccionado de manera un poco exagerada. Los niños son muy fuertes. Te lo digo por experiencia.

Una cosa era ser niño y otra muy distinta tener a un niño que dependiese de ti. Y en ocasiones resultaba muy duro estar sola, pero Colin no era el hombre ante el que Rowena debía desnudar su corazón.

–Siento haberte metido en esto.

Él la miró confundido.

–¿En qué?

–En todo este... escenario doméstico. Sé que es lo último que te apetece. Ni siquiera pretendía presentarte a Dylan.

–¿Por qué no? Me alegro de haberlo conocido. Parece un niño muy especial.

–Gracias por lo que has hecho.

–Es evidente que Dylan odia ir al hospital. A juzgar por las fotografías del pasillo, ha pasado mucho tiempo allí.

–Nació con una parálisis cerebral y, sí, de bebé pasó mucho tiempo en el hospital. Los médicos me dijeron que era posible que no caminase jamás, y que era probable que tuviese también alguna discapacidad mental. Yo no los escuché. Decidí demostrarles que estaban equivocados. El estado de Dylan ha mejorado mucho porque trabajo con él constantemente. Tiene problemas para hablar y eso hace que algunas personas piensen que es retrasado.

–A mí me ha parecido un niño muy inteligente.

–Lo es. No empezó a andar solo hasta los dos años, pero comenzó a hablar antes del año.

–¿Cuántos años tiene ahora?

–Dos y medio.

–Pues es muy listo para su edad.

–A veces, demasiado para su propio bien. E intenta hacer más de lo que puede, como correr.

–Bueno, ahora ya está bien.

–Sí, pero ¿y la próxima vez?

–No puedes pensar en eso.

–Pero lo hago. Constantemente. Siempre estoy alerta, esperando a que ocurra algo horrible. Es tan pequeño y frágil…

–Yo no lo veo así.

Aquello la sorprendió.

–¿No?

–Veo a un niño que lo ha tenido difícil, pero que no permite que eso lo limite. Quiere ser como los demás niños de su edad.

–Pero no lo es.

–No se trata de eso.

Rowena no lo entendía.

–¿De qué se trata entonces?

–Lo importante no es cómo lo ves tú, o los demás, sino cómo se ve él mismo. Yo tengo toda la espalda llena de cicatrices y titanio en la pierna izquierda y, sí, físicamente estoy limitado, pero sigo siendo yo. Mi interior no ha cambiado.

–Sí, pero Dylan tiene constantemente problemas de salud. Hace poco ha empezado a sufrir ataques. Al principio, me daba miedo separarme de él aunque fuese un segundo. Cuando Tricia ha venido, he pensado que había tenido una crisis.

–Pero no era eso.

–No, lo que significa que la medicación que toma está funcionando. Y su neurólogo piensa que es algo que pasará cuando crezca.

–Qué bien. ¿Y cuál es el pronóstico para el resto de sus discapacidades?

–Bueno, no conseguirá una estabilidad absoluta y necesitará varias operaciones para alargar los tendones de los tobillos. Su sistema inmunitario siempre hará que sea susceptible a ciertas enfermedades. Pero si come bien y se cuida, podrá tener una vida larga y productiva. No siempre será fácil, tendrá que trabajar más duro que una persona normal.

–Todos tenemos retos en la vida. Como te he dicho antes, lo importante es aceptarse como uno es. Si tú aceptas a Dylan como es, él aprenderá a hacerlo también.

Eso esperaba Rowena.

–Sé que ya te lo he dicho, pero gracias. No quiero ni pensar en dónde estaría ahora y cómo estaría Dylan si no hubiese sido por ti.

Colin le acarició la palma de la mano con el dedo pulgar y se acercó un poco más.

–Se me ocurre cómo podrías demostrarme tu agradecimiento.

–Colin…

Él la miró a los ojos y sonrió.

–Si tú también quieres. Y estamos solos. Sería una pena desaprovechar la oportunidad.

–No estás jugando limpio –protestó Rowena mientras se inclinaba hacia delante para besarlo.

–¿Te parecía que era de los que juegan limpio? –le preguntó él mientras la sentaba en su regazo.

–Está bien, pero es la última vez.

Capítulo Seis

Colin tomó el rostro de Rowena con ambas manos y la besó, la besó y la besó. Como la noche anterior, ambos mantuvieron las manos en lugares seguros. Los hombros, el rostro, la espalda. Y Rowena empezó a pensar que, si aquella era la última vez que iban a besarse, a lo mejor podían acariciarse un poco más, aunque fuese por encima de la ropa.

Así que decidió poner la mano en su pecho, cuyo calor traspasaba la camiseta de nylon. También notó los latidos de su corazón.

La mano de Colin, que hasta entonces había estado en su espalda, justo encima de la cadera, empezó a moverse de repente. Rowena pensó que había pillado la indirecta y esperó. La respiración se le aceleró solo de pensarlo... y se le cortó bruscamente cuando Colin tomó su mano, se la quitó del pecho y volvió a colocarla sobre su hombro.

Rowena pensó que tal vez no había entendido su gesto, así que esperó un minuto o dos, para no precipitarse ni parecer desesperada, pero en esa ocasión acababa de empezar a acariciarle el pectoral cuando Colin interceptó su mano y dejó de besarla.

–No es buena idea –le dijo, sujetándole la mano.

–¿Y si yo no estoy de acuerdo?

–Estoy haciendo un enorme esfuerzo para controlarme y no deberías tentarme.

Rowena lo deseó todavía más y pensó que, si Colin no iba a jugar limpio, ella tampoco.

Sin apartar los ojos de los suyos, utilizó la mano que tenía libre para pasar el dedo índice por el centro de su pecho, bajar por los abdominales y llegar a la cinturilla de los pantalones. Luego empezó a subir de nuevo, pero Colin volvió a moverse con rapidez. Un segundo después estaba sentada en su regazo, y dos segundos después, tumbada boca arriba en el sofá.

–Te lo advertí –le dijo Colin sonriendo.

Ella lo abrazó por el cuello para acercarlo más y besarlo. Él se tumbó encima y Rowena se dio cuenta de que era cierto que la deseaba.

Se le había olvidado lo mucho que le gustaba aquello, tener el peso de un hombre empujándola contra el colchón o, en aquel caso, contra el sofá. Era una de las muchas cosas que le gustaban del sexo y, hasta ese momento, se le había olvidado.

–¿Puedo quitarte la camiseta? –le preguntó a Colin.

Este sonrió.

–No sé, inténtalo.

Ella la agarró de la parte baja y tiró para quitársela por la cabeza. Colin la ayudó.

–Me encanta mirarte –le dijo Rowena, apoyando las manos en su pecho–. Y tocarte.

Lo agarró de la cabeza para que volviese a acercarse.

–Y besarte –añadió.

Su teléfono empezó a sonar, pero lo ignoró.

–¿No deberías responder? –le preguntó Colin.

No. Estaba dejándose llevar por primera vez en más de tres años y no iba a permitir que nada los interrumpiese.

–Pueden dejar un mensaje. Bésame.

Él sonrió y la besó, y el teléfono dejó de sonar. Poco después volvía a empezar.

–Deberías contestar –le sugirió Colin–. Podría ser importante.

La única cosa importante era Dylan, que estaba dormido en su cuna.

–Ya llamarán luego.

–¿Estás seguro?

Ella asintió.

–Sigue besándome.

Rowena se olvidó de todo menos de Colin. De sus labios, de sus besos en el cuello. Del sabor de su piel y de su olor a jabón y a sudor.

Cuando el maldito teléfono empezó a sonar de nuevo, Colin dejó de besarla y le dijo:

–Esta vez deberías responder.

Ella maldijo entre dientes y sacó el teléfono. Era Tricia.

–Espero que se haya muerto alguien.

–Siento molestarte, pero he pensado que querías saber que el senador va a pasar a verte.

–¿Qué? ¿Por qué?

–Ha estado aquí porque quería hablar contigo y una de las chicas le ha contado lo ocurrido con Dylan. Va hacia allí para ver si está bien.

–Gracias por avisarme –le dijo Rowena.

–Bueno, ¿cómo va la cosa? –le preguntó Tricia en tono malicioso.

El hecho de que no hubiese respondido al teléfono a la primera debía de haberla delatado.

–Luego te llamo.

Balbució una palabra muy poco femenina, colgó y tiró el teléfono encima de la mesita del café. Luego empujó a Colin por el pecho.

–Levanta. Levanta.

Este se incorporó.

–¿Qué ocurre?

Rowena se puso también de pie.

–Mi padre se ha enterado de lo ocurrido y viene a ver a Dylan.

–¿En serio?

Ella recogió su camiseta del suelo y se la lanzó.

–Supongo que no querrás estar aquí cuando llegue.

Colin se vistió.

–Preferiblemente, no.

Rowena se preguntó cuánto tiempo tendrían antes de que su padre apareciese. Su respuesta llegó unos diez segundos después, cuando llamó a la puerta.

–¿Y ahora qué? –preguntó Colin.

–Ve a mi habitación –le dijo ella, empujándole en esa dirección–. Te avisaré cuando se haya marchado.

Su padre volvió a llamar. En cuanto Colin cerró la puerta de su dormitorio, ella le abrió y fingió sorprenderse al verlo allí.

–Hola, padre.

Este entró y preguntó:

–¿Dónde está Dylan?

Rowena respiró hondo.

–Durmiendo la siesta.

–¿Por qué no me has llamado para contarme lo que había pasado?

–¿Que Dylan se había caído? –dijo ella, encogiéndose de hombros–. Está bien.

–Me han dicho que ha sangrado –comentó él, mirando a su alrededor como si sospechase algo.

–Se ha dado un golpe en la cabeza, pero está bien –le aseguró ella.

–¿Y Colin? –inquirió su padre.

Ella fingió no entenderlo.

–¿Qué pasa con Colin?

–Me han dicho que ha venido hacia la casa contigo.

–Dylan quería que Colin lo tapase.

–¿Y?

–Lo ha hecho.

–¿Qué hacía Colin en la guardería?

–Había salido a correr y paró al oír llorar a Dylan. Pensó que podía ayudar. Comentó que había trabajado como personal sanitario en el ejército.

–En el ejército real –la corrigió su padre.

Rowena se encogió de hombros como si aquello le diese igual.

–Curó a Dylan y nos acompañó a casa.

–¿Y dónde está ahora?

–No lo sé. Acostó a Dylan y se marchó –le dijo ella. Luego preguntó–: ¿Por qué? ¿Pretendías que lo entretuviese toda la tarde?

–Por supuesto que no.

–¿Quieres que te llame cuando Dylan se despierte?

–Voy a salir esta noche. Lo veré mañana a la hora del desayuno.

Lo que significaba que le preocupaba más que Colin estuviese en su habitación que su nieto.

Rowena lo acompañó hasta la puerta.

–¿Has hecho un informe del accidente? –quiso saber su padre.

–¿Te preocupa que pueda ponerte una denuncia?

Él la miró como la miraba siempre. Tal vez estuviese preocupado. Tal vez debiese preocuparse.

–Lo haré mañana.

Su padre se marchó y ella cerró la puerta y se apoyó en ella. Esperó más o menos un minuto y luego dijo:

–No hay moros en la costa.

Colin salió de su dormitorio.

–Lo siento –le dijo ella.

–No pasa nada, he estado entretenido, mirando tus cosas.

Rowena lo fulminó con la mirada.

–La verdad es que he estado escuchando la conversación. Por cierto, que has contestado muy bien cuando te ha preguntado qué hacía yo en la guardería.

Ella se dejó caer en el sofá. De repente, estaba agotada.

–Me ha sonado más creíble que la excusa de que habías parado a beber un vaso de agua.

Colin se sentó a su lado, pero separado de ella.

–Parecía que tu padre sospechaba algo.

–Sí, bueno, siempre parece que sospecha algo. Al menos, conmigo. Si de verdad hubiese pensado que estabas aquí, te habría buscado hasta encontrarte. Yo diría que no tienes de qué preocuparte.

–Qué alivio.

Rowena se miró el reloj.

–Dylan no tardará en despertarse.

–Supongo que debo irme.

–Sí. Te va a sonar un tanto infantil, pero gracias por esto. Significa mucho para mí. Y no solo desde un punto de vista sexual. Hacía mucho tiempo que no me sentía yo misma. La verdad es que me había olvidado por completo de quién soy. Pero, ahora, después de esto… Vuelvo a sentirme un poco como la de antes. Hace tiempo que necesitaba hacer algunos cambios en mi vida y ahora pienso que estoy preparada.

–No sé muy bien qué he hecho, pero me alegro de haberte ayudado.

Rowena fue hacia la puerta y él la siguió.

–Supongo que nos veremos por aquí.

–Por supuesto.

Rowena se puso de puntillas para darle un beso en la mejilla, porque, si se lo daba en los labios, aunque fuese un segundo, después no querría parar. Luego abrió la puerta y Colin salió. Ella pensó que ojalá todas las rupturas pudiesen ser así de fáciles. Aunque, al fin y al cabo, solo habían estado juntos dos días y solo se habían besado. Seguro que aquello era algo que a Colin le ocurría con frecuencia.

Fue a por su ordenador, que estaba en la cocina, antes de volver a sentarse sobre sus piernas en el sofá.

Y sintiéndose valiente por primera vez en mucho tiempo, abrió el ordenador y escribió en el navegador la dirección del Departamento de Servicios de Salud de Los Ángeles.

Aquel, decidió, sería oficialmente el primer día de su nueva vida.

Al lunes siguiente, Rowena recibió en la guardería a un niño nuevo. Matt era un niño adorable, rubio y de ojos azules. Tenía solo seis semanas y a su madre se le había terminado la baja por maternidad. Siempre era emocionante recibir a un bebé nuevo, sobre todo, siendo tan pequeño.

La primera hora se portó como un ángel y después empezó a llorar y pasó el resto del día así. Hicieron turnos para tenerlo en brazos, cambiarlo, darle de comer y sacarle los gases, pero nadie consiguió que estuviese tranquilo.

Era habitual que el primer día alejado de su madre hubiese sido difícil, así que Rowena pensó que al día siguiente todo iría mejor, pero no fue así. Era imposible consolar al bebé y cuando llegó la tarde todo el mundo estaba al límite de su paciencia. Rowena se encerró en su despacho con el bebé para que los niños mayores hiciesen los deberes y los pequeños durmiesen la siesta.

Estaba allí cuando Tricia llamó a la puerta y asomó la cabeza.

–Tienes visita.

Dado que su padre era la única persona que iba a verla, Rowena dio por hecho que se trataba de él. Así que suspiró y dijo:

–Dile que pase.

Dejó de jugar al solitario del ordenador, que era en lo único que podía concentrarse con Matt llorándole al oído y, cuando la puerta volvió a abrirse, levantó la vista.

–¿Colin?

–Hola –la saludó este sonriendo–. ¿Puedo pasar?

Rowena sintió que se derretía por dentro. Había pasado cuatro días intentando no pensar en él, pero sin mucho éxito.

–Por supuesto –le respondió–, pero cierra la puerta, por favor.

Él la miró con curiosidad.

–Es para que Matt no moleste al resto de los niños.

–Ah.

Colin entró y cerró la puerta.

–¿Qué estás haciendo aquí?

–Quería ver qué tal iba la herida de Dylan –respondió este en voz alta, para que Rowena lo oyese a pesar del llanto de Matt.

–¡Estupendamente! Le ha contado a todo el mundo que evitaste que fuese al horrible hospital.

–¿Y qué tal tú?

–Bien –respondió ella, pensando que aquella conversación era un poco extraña, pero que no podía ser grosera con él–. ¿Y tú?

–He estado muy ocupado. Hemos avanzado bastante, pero todavía queda.

–Me alegra que todo vaya bien.

Cuanto antes volviese a Inglaterra, mejor para ella.

Matt gritó y Colin lo miró:

–¿Está bien?

–Es nuevo y echa de menos a su madre. Con un poco de suerte, se calmará dentro de un día o dos. Aunque a veces tardan semanas. Hacemos turnos para tenerlo en brazos.

–¿Y ahora te toca a ti?

–Lo he traído aquí mientras los demás descansan.

Se le estaba cansando el brazo, así que se cambió a Matt de hombro. Oyó un ruido extraño y notó que algo le mojaba la espalda.

–Creo que te ha dejado un regalito –comentó Colin.

Eso le pareció a ella también. Se levantó de su sillón y se giró.

–¿Estoy muy sucia?

–¿Tienes otra camisa para cambiarte?

Rowena tenía varias camisas para ocasiones como aquellas. Miró a su alrededor para buscar un lugar en el que dejar a Matt temporalmente, pero no lo encontró.

–¿Lo sujeto yo mientras te cambias? –le preguntó Colin, tendiendo los brazos.

No parecía ser de los que sabían qué hacer con un niño llorando.

–¿Estás seguro? Es ensordecedor.

–¿Has oído alguna vez detonar un mortero? –le preguntó él.

Buen argumento. Rowena le tendió al niño. Sus dedos se rozaron y a ella se le aceleró el pulso.

Colin se colocó a Matt en el hombro con cierta dificultad. El niño dio un grito más, suspiró y después, se calló.

–¿Qué has hecho? –le preguntó Rowena a Colin.

Este se quedó completamente inmóvil.

–No lo sé. ¿Todavía respira?

Ella lo miró.

–Está bien. Se ha dormido.

Probablemente estuviese agotado y aquello no tuviese nada que ver con Colin, pero, en cualquier caso, había dejado de llorar.

–Tardaré un minuto.

Rowena sacó una camisa del último cajón de su escritorio y fue al baño. Cuando volvió un par de minutos después, Matt seguía durmiendo.

–Gracias –dijo ella, agarrando al bebé, que se puso a llorar nada más separarse de Colin.

Seguro que era una coincidencia.

–Vamos a intentarlo otra vez.

Colin volvió a tomar a Matt en brazos y este dejó de llorar. Rowena lo agarró y el niño protestó.

No, no era una coincidencia.

–Creo que le gusto –comentó Colin.

–Yo también.

Él arqueó una ceja.

–¿A ti también te gusto?

–Quería decir… –empezó Rowena, sacudiendo la cabeza y echándose a reír–. Da igual. La mayoría de los niños prefieren que se ocupe de ellos una mujer, pero parece que algunos responden mejor ante un hombre.

–¿Quieres que lo tenga en brazos un rato? Así tus empleadas descansarán un poco.

–¿No te importa?

–No tengo nada que hacer hasta la hora de la cena.

–¿Y si mi padre viene por sorpresa?

–No te preocupes. Me dio las gracias por curar

a Dylan el otro día y le dije que volvería a pasar por aquí para ver al niño.

–¿Así que llevas varios días planeando esto?

–Nunca es mala idea estar preparado.

–Tengo que organizar las pagas hoy antes de las cinco, si no, el viernes que viene mis empleadas no van a estar nada contentas. En teoría no deberías estar con el niño porque no trabajas aquí, pero dudo que a la madre de Matt le importe.

De hecho, si viese a Colin con Matt en brazos, probablemente se derretiría.

Él miró al niño de reojo, casi sin moverse.

–¿Qué hago? ¿Me quedo aquí de pie?

Rowena prefería no tenerlo allí mientras ella intentaba trabajar.

–¿Por qué no intentas sentarte en la mecedora que hay en la habitación de los bebés, a ver qué tal?

–Lo intentaré –dijo él, saliendo por la puerta.

Rowena estuvo escuchando unos minutos, pero solo oyó cómo otros niños se despertaban de la siesta y se preparaban para merendar. Nadie lloraba.

Terminó su trabajo y después de enviar la información a la empresa que se encargaba de las nóminas, fue en busca de Colin. Como había pasado un buen rato, supuso que Colin se habría aburrido y que le habría dado el bebé a una de las chicas, pero al entrar en la habitación de los bebés lo vio sentado en la mecedora con Matt apoyado en el pecho. Por si no fuese suficiente, tenía a Dylan sentado en el regazo, también acurrucado y escuchando cómo Colin le leía en voz baja el cuento de *El conejo de terciopelo*.

La escena le pareció tan conmovedora, tan parecida a lo que necesitaba Dylan, que se quedó allí dos o tres minutos mirándolos, casi sin poder respirar. Quería a Dylan con todo su corazón e intentaba darle toda la atención que se merecía, pero jamás podría llenar el vacío que su padre había dejado en su vida.

–Se te está derritiendo el corazón, ¿verdad? –le susurró Tricia al oído.

Rowena asintió sin apartar la vista de la mecedora.

–Dylan le ha tomado mucho cariño a Colin. Y Colin se porta muy bien con él.

Rowena se giró hacia su amiga.

–No hagas eso.

–¿El qué? –preguntó Tricia, encogiéndose de hombros de manera inocente a pesar de saber perfectamente lo que su amiga quería decirle.

–No es de los que tienen relaciones serias.

–Alguna tendrá que tener. Podría ser contigo.

–Yo no quiero eso ahora. Y, aunque lo quisiera, sería una pesadilla desde el punto de vista logístico. Colin vive en Inglaterra y todos los médicos de Dylan están aquí. No funcionaría.

–¿Qué estáis diciendo, chicas? –preguntó Colin sonriéndoles.

–Cosas de trabajo –mintió Tricia.

Colin la miró con escepticismo.

–¡Mamá! –susurró Dylan–. Colin lee.

–Ya lo veo –dijo ella, entrando en la habitación.

–No había leído este cuento desde que era niño –comentó Colin–. Era uno de mis favoritos.

–Te veo muy ocupado. ¿Tomo a Matt? Pronto le tocará el biberón.

Colin le dio al bebé, que se despertó y se puso a llorar. Rowena lo llevó a la cocina para darle el biberón, pero el niño no dejó de protestar. Le cambió el pañal, que casi no estaba mojado, y se lo puso al hombro para darle palmaditas en la espalda, pero el niño lloró todavía más.

Al final, Rowena se rindió y volvió a la habitación de los bebés, donde Colin y Dylan seguían sentados.

–Bebé Matt llora –dijo Dylan.

–Sí, cariño. No está nada contento.

–¿No has tenido suerte? –preguntó Colin.

–¿Podrías intentarlo tú otra vez?

Él asintió.

Rowena le pasó al niño, que dejó de llorar en cuanto Colin se lo apoyó en el hombro.

Ella se echó a reír y sacudió la cabeza. Era evidente que no era una casualidad.

–Su madre pasará a recogerlo sobre las seis. ¿Te importa quedarte con él otros cuarenta minutos?

–Si nos traes un par de cuentos más.

Era lo mínimo que Rowena podía hacer. Fue a la otra habitación y buscó los cuentos favoritos de su hijo.

–Gracias –le dijo Colin cuando se los llevó.

–¡Lee, Colin! –le pidió Dylan–. *Po favo.*

–Espera un momento, amigo –le dijo este mirando a Rowena–. ¿Sabías que el senador se ha marchado al norte de California esta tarde?

A ella se le aceleró el pulso.

–No me lo ha dicho, no.

–No volverá hasta mañana por la mañana.

Rowena se preguntó por qué le estaba haciendo Colin aquello.

–Hace buena noche para nadar.

Había ido a nadar todas las noches, soñando con encontrárselo allí y temiéndoselo al mismo tiempo. Pero por mucho que siguiese deseándolo, y lo deseaba mucho, no era buena idea.

Capítulo Siete

Rowena llevaba varias horas preguntándose si debía ir a la piscina. Por una parte, no quería sentirse tentada. Por otra, nadaba todas las noches. Si Colin se presentaba, siempre podía decirle que no.

Cuando Betty llegó a las nueve a cuidar de Dylan, Rowena fue en dirección a la piscina diciéndose que, ocurriese lo que ocurriese, dijese Colin lo que dijese, en esa ocasión se controlaría. Pero al llegar allí, Colin no estaba.

Y ella no pudo evitar sentirse decepcionada. Era evidente que él también había tenido tiempo para pensarlo y había decidido que lo mejor para ambos era…

Rowena notó un par de manos en su cintura. Luego sintió el aliento de Colin en su oreja.

–Esta vez no me has tirado.

–Colin…

–Nadie me ha visto salir.

–Entonces, ¿no pasa nada siempre y cuando nadie se entere?

–¿Se te ocurre algún otro motivo por el que debamos escondernos? Dame solo uno.

Ella abrió la boca para recitar toda una lista de

razones, pero se quedó completamente en blanco.

–A mí no –le dijo él.

Rowena pensó que tenía razón.

–Esta será la última vez –le dijo, girándose hacia él–. Me da igual que mi padre se marche un mes a África a hacer un safari. Cuando salgamos de la piscina esta noche, se habrá terminado.

–En ese caso, no perdamos ni un minuto más.

Colin tomó su mano y la llevó hacia la caseta de la piscina. Ella abrió la puerta y entraron, pero en vez de encender las luces, buscó unas velas en la cocina. Serían mucho más románticas y llamarían menos la atención.

Encendió una y la colocó encima de la mesita del café. Luego buscó en el armario en el que guardaban las sábanas y las mantas y, tomando una de las más gruesas y suaves, la tendió en el suelo.

–¿No se abre el sofá? –le preguntó Colin.

–Sí, pero es muy incómodo.

–¿Ya has hecho esto antes? –añadió él en tono divertido.

Ella lo miró y sonrió.

–Mis amigos solían llamarlo «la cabaña del amor».

Bajo las luces de las velas, vestido todo de negro, Colin tenía un aspecto muy sexy, casi peligroso.

Se quitó los zapatos y se acercó a ella mientras empezaba a desabrocharse la camisa.

–¿Qué llevas hoy debajo del pareo?

Rowena pensó que iba a tener que darle una explicación.

–Está bien, pero tienes que prometerme que no te vas a volver petulante.

Él arqueó las cejas.

–Mi plan A era venir aquí y decirte que no podíamos hacerlo, y después volver a casa. Y si eso no funcionaba, pasaría al plan B.

–¿Y cuál era el plan B?

–Ir directa al grano.

Rowena se quitó el pareo y él la miró con deseo. Lo cierto era que no llevaba nada debajo.

–Supongo que eso responde a la que iba a ser mi siguiente pregunta.

–¿Cuál era?

–¿Hasta dónde esperabas que llegase esto?

–Hasta el final.

Él la recorrió con la mirada.

–Tienes un cuerpo increíble.

–Tiene más curvas que antes de tener a Dylan –dijo ella.

–Me encantan tus curvas –comentó él, perfilando uno de sus pechos y, después, el otro–. De hecho, me gustan las mujeres con cuerpo de mujer.

Luego se quitó la camisa y la tiró al sofá. Colin también tenía un cuerpo increíble. Rowena le acarició el pecho y los fuertes hombros. Se le habían olvidado las cicatrices, hasta que le tocó la espalda.

–¿Te hago daño? –preguntó.

Él negó con la cabeza.

–Me gusta.

–¿Y aquí? –añadió Rowena, pasando la mano por la bragueta del pantalón y acariciando su erección.

–Eso también me gusta –respondió Colin cerrando los ojos.

Ella le desabrochó los pantalones y se los bajó. Colin se los quitó a patadas y luego agachó la cabeza para acariciarle un pezón con la lengua y metérselo en la boca. Después dedicó la misma atención al otro pecho y, para terminar, se puso de rodillas. Rowena contuvo la respiración mientras Colin bajaba a besos por su cuerpo.

Sabía que era raro que a un hombre le gustase hacer sexo oral, pero a algunos se les daba muy bien. Así que cuando Colin siguió bajando y ella notó sus dedos entre las piernas y su lengua acariciándola, deseó ponerse a gritar del placer. Tal vez lo hizo, porque unos segundos después estaba tumbada en la manta, comprobando que a Colin se le daba muy bien.

Casi demasiado bien. El placer empezó a invadir todo su cuerpo y ella se dejó llevar.

Cuando abrió los ojos, Colin le estaba sonriendo.

–¿Siempre eres tan rápida? –le preguntó.

–Hacía mucho tiempo que no había estado con nadie –respondió ella casi sin aliento.

–En ese caso, tengo que hacer que la espera

haya merecido la pena –comentó él, colocándose entre sus muslos.

–Ya la ha merecido. Desde la primera vez que me besaste.

–¿Dónde guardas los preservativos? –le preguntó Colin.

–¿Qué? ¿Es una broma?

–¿Tengo cara de estar bromeando?

No, no la tenía.

–Colin, en Estados Unidos eso es responsabilidad del hombre.

Él la miró confundido.

–En el Reino Unido es de la mujer.

–¿En serio?

Él sonrió.

–No, la verdad es que no.

Buscó en sus pantalones y sacó media docena de preservativos.

–No me ha hecho ninguna gracia –le advirtió Rowena.

Colin se echó a reír.

–A mí sí. Tenías que haberte visto la cara.

Ella lo empujó para que se tumbase boca arriba y se sentó a horcajadas sobre él.

–Te voy a hacer pagar por ello. Y será cuando menos te lo esperes.

Aquello no pareció preocuparlo.

–Ven aquí –le dijo, haciendo que bajase la cabeza para besarla.

De repente, el suelo se movió y Rowena volvió a estar tumbada boca arriba, con Colin encima.

Intentó tumbarlo, pero él la agarró por las muñecas y se lo impidió.

–¿Adónde crees que vas?

Era evidente que le gustaba tener el control. El problema era que a ella también.

–Me gusta estar encima –le dijo.

–Y a mí me gusta dominar –respondió él, negándose a soltarla.

Ambos se pusieron a hacer como si peleasen y, dado que ninguno quiso ceder, al final decidieron hacerlo en la cocina, con la espalda de Rowena pegada a la nevera.

Y en esa ocasión ambos llegaron al clímax a la vez.

–Increíble –comentó Colin, apoyando la cabeza en su hombro y respirando con dificultad–. ¿Siempre eres tan mandona?

–¿Mandona? ¿Yo?

Él levantó la cabeza y asintió.

Rowena abrió la boca para decirle que no, pero luego lo reconsideró.

–Supongo que sí.

–¿Te había dicho ya que me gustan las mujeres que saben lo que quieren?

Qué suerte para ella.

–Pues me estaba preguntando si podemos volver a hacerlo.

Colin la miró divertido.

–¿No pensarías que habíamos terminado?

–No estaba segura, esperaba que no.

–No hemos hecho más que empezar –le dijo

él, sonriendo de manera muy sexy–. Y, esta vez, a lo mejor hasta te dejo ponerte encima.

A la noche siguiente, Rowena estaba esperando a Betty cuando sonó su teléfono. Era Cara. Se había olvidado de ella y de su conversación acerca de Angelica Pierce.

–Reserva la última semana de marzo. Vas a venir a Washington –le dijo su amiga nada más responder.

–¿Y eso?

–¡Bueno, supongo que no querrás perderte mi boda!

–¡Ya habéis puesto fecha! ¡Enhorabuena! Por supuesto que quiero ir.

Cara se echó a reír.

–Eso imaginaba. Será una celebración pequeña, pero puedes traer a alguien si quieres. De hecho, espero que lo hagas.

Rowena no pudo evitar pensar en Colin a pesar de saber que era imposible. Habían pasado una noche juntos y eso era todo. Y, además, no la había dejado ponerse encima, cosa que lamentaría no haber probado.

–La verdad es que estaba pensando en llevar a alguien –comentó Rowena.

–¿De verdad? –preguntó su amiga emocionada–. ¿A quién?

–Bueno, es muy mono. Tiene el pelo rizado y rojo, los ojos castaños, es bajito y...

Cara rio.

–Yo pensaba en alguien mayor, pero estaré encantada de que traigas a Dylan. Por cierto, que empecé a hacer averiguaciones acerca de Angelica, pero con todo el lío, se me había olvidado.

–Yo tampoco he pensado en eso, la verdad. He estado tan ocupada que ni siquiera he seguido las noticias.

–Bueno, pues te cuento que Ariella se ha sentido tan agobiada por la prensa que se ha marchado de la ciudad, y Eleanor Albert parece haber desaparecido de la faz de la tierra. Nadie sabe dónde está.

Rowena se sintió mal por Ariella. No la conocía mucho, pero le caía bien.

Charló con Caroline unos minutos más, hasta que llegó Betty.

–Supongo que esto es para ti –le dijo esta tendiéndole un sobre blanco–. Estaba pegado a la puerta.

Rowena lo abrió con curiosidad. Dentro había una hoja blanca de papel en la que solo había escritas las siguientes palabras: *Caseta de la piscina.*

¿No habían decidido que no iban a volver a estar juntos? ¿Que no merecía la pena arriesgarse a que los pillaran?

Rowena fue hacia la piscina repitiendo en su mente las palabras con las que rechazaría a Colin.

La casa estaba a oscuras, pero la puerta no estaba cerrada con llave. La abrió y entró. Había una vela encendida encima de la mesita del café, la manta estaba en el suelo y, Colin, sentado en ella, vestido con unos vaqueros desgastados y nada más. Ella abrió la boca para hablar, pero se le había olvidado lo que iba a decir.

–He cenado con tu padre esta noche –le contó él.

–Ah. Qué… bien.

–La verdad es que no se encontraba bien. Ha dicho que tenía migraña. Así que se ha tomado una pastilla para dormir y se ha ido a la cama. No creo que se despierte y se le ocurra venir a la piscina.

–Dijimos que sería solo una vez –le recordó Rowena, pero sus piernas ya la estaban llevando en dirección a la manta.

–Tienes razón, pero ¿qué nos impide decir que será solo otra vez más?

–Cuanto más nos arriesguemos, más posibilidades habrá de que alguien se entere.

–Eso hace que sea mucho más divertido –respondió Colin sonriendo de manera muy sexy.

–Está bien, pero esta será la última vez –le aseguró Rowena mientras se quitaba el vestido por la cabeza–. Y solo con una condición.

–¿Cuál? –le preguntó él, observando cómo se deshacía también del traje de baño y se colocaba entre sus piernas.

–Que, esta vez, me toca a mí arriba.

Capítulo Ocho

Dos noches se convirtieron en tres, y tres en cuatro, hasta que Rowena y Colin tuvieron que admitir que tenían una aventura. Acordaron que se terminaría cuando él volviese a Inglaterra, cosa que Colin no tenía del todo clara.

No estaba pensando en casarse, ni en una relación seria, pero lo cierto era que no sabía lo que sentía por Rowena. Tal vez fuese porque esta no se parecía en nada a las chicas malcriadas de la alta sociedad con las que había salido hasta entonces, esas que le habían dicho que aceptaban su decisión de tener una relación informal y luego intentaban atraparlo para siempre.

Rowena no quería atraparlo y sí sabía cómo divertirse. Y a pesar de los errores que había cometido, estos le habían dado una interesante visión de la vida. Era sexy, inteligente y divertida. Y dura. Decía lo que pensaba aunque supiese que no iba a ser bien aceptado y él se sentía fascinado casi por todo lo que salía por su boca. Al mismo tiempo, Rowena era consciente de que era mejor estar callada.

A no ser que él sacase el tema de Dylan, Rowena no lo mencionaba nunca. Y cuando él le preguntaba sus respuestas siempre eran breves. Era como si no quisiese mezclar lo que ellos tenían con su hijo. Colin no sabía si era para poner distancia entre el niño y él, o entre ella y él.

En cualquier caso, no le dio muchas vueltas, en especial, cuando supo que tenían todo el fin de semana para estar juntos. El padre de Rowena se había marchado a Washington esa mañana y no volvería hasta el martes por la noche.

Colin quería intentar convencer a Rowena de que lo dejase pasar esas noches en su habitación. O en la de él, ya que se estaba cansando del suelo de la caseta de la piscina en el que en esos momentos estaban tumbados, desnudos y saciados.

–¿Qué le voy a decir a Betty? –le preguntó ella–. Se queda con Dylan todas las noches.

–Dile que te duele un codo y que vas a estar un par de días sin nadar.

–¿Que me duele un codo?

–Era solo una idea. También puedes venir a mi habitación mientras Betty esté con Dylan y luego vamos los dos a la tuya. Solo tengo que marcharme antes de que el servicio se despierte, ¿no?

–¿Me estás diciendo que quieres dormir en mi habitación?

–¿Quién ha hablado de dormir?

Rowena lo miró como si no supiese qué pensar.

–Lo que no entiendo es por qué mi padre insistió en que no te acercases a mí –comentó–. Siempre ha querido que me casase con un hombre rico, de buena familia y con contactos. Tú lo tienes todo, además de un título nobiliario.

–A mí se me ocurre un motivo. Que piensa que soy un mujeriego.

–¿Y lo eres?

Él resopló.

–No.

–¿Estás seguro?

–Por supuesto que estoy seguro.

Aquella palabra tenía connotaciones negativas. Él era un caballero. Trataba a las mujeres con respeto.

–Si te soy sincero, ni siquiera sé qué significa exactamente ser un mujeriego.

–¿Por qué no lo buscamos en el diccionario?

Rowena sacó su teléfono y tocó la pantalla varias veces.

–Aquí está. Según el diccionario de mi teléfono, un mujeriego es un hombre que frecuenta sexualmente a muchas mujeres –le dijo–. ¿Tú haces eso?

–No puede ser –respondió él.

Rowena señaló su teléfono.

–Es lo que dice aquí.

Él se sentó y alargó la mano.

–Déjame verlo.

Colin leyó la definición que aparecía en la pantalla.

–Jamás lo habría pensado.

–Te ha dolido, ¿eh? –bromeó Rowena.

–Yo no diría que soy un hombre promiscuo. Amo a las mujeres. Las respeto.

Ella se encogió de hombros.

–Pero te gusta estar con muchas.

Colin la fulminó con la mirada.

–Nunca me acuesto con una sin antes dejarle claro que no va a ser nada serio.

–¿Y eso hace que esté bien?

–Soy un caballero. Mimo a las mujeres.

–Quieres decir que las compras.

Rowena estaba tergiversando sus palabras.

–Yo no he dicho eso.

–¿Qué te hace pensar que eres tan especial?

–Yo no recuerdo haber dicho que soy especial.

–Imagínate que, en vez de un hombre, es una mujer la que sale con muchos hombres, se acuesta con ellos, los mima, pero no quiere tener relaciones serias. ¿Qué te parecería?

–¿La mujer perfecta? –En esa ocasión fue ella la que lo miró mal–. Sería una fresca, Colin. ¿Por qué ese mismo comportamiento sería aceptable en un hombre?

Colin odió admitirlo, pero Rowena tenía razón. Así que era un mujeriego.

–Supongo que soy un fresco.

–Pues bienvenido al club.

Él sacudió la cabeza y se echó a reír.

–Eh, tengo una idea –continuó Rowena–. Si nos pillan, le diremos a mi padre que ha sido culpa mía. Que fui yo la que me acerqué a ti, tú intentaste resistirte, pero que no te dejaba en paz y al final cediste.

–Tú lo que tienes son problemas de dominancia.

Aunque a él no le parecía mal. Hacía que las cosas fuesen más interesantes. Estaba seguro de que cualquier día sacaría las esposas o los pañuelos de seda.

–De mí ya no puede tener peor opinión. He tenido un hijo fuera del matrimonio. Para él, siempre seré una cualquiera.

–Dudo que tu padre piense eso de ti. Solo quiere protegerte.

–De eso nada. Quiere protegerse a sí mismo. No quiere que te acerques a mí porque piensa que sigo siendo tan alocada como antes de tener a Dylan. Le da miedo que lo avergüence o, todavía peor, que te corrompa a ti y te arrastre a mi nivel.

–Eso es ridículo. Yo puedo cuidarme solo.

–Intenta contárselo a mi padre.

Rowena se levantó y recogió su bañador del suelo.

–¿Adónde vas?

–Se está haciendo tarde –respondió ella, empezando a vestirse.

Colin tomó su teléfono y miró la hora.

–Todavía tenemos veinte minutos. Vamos a hablar.

–Estoy cansada –le contestó ella, poniéndose el vestido e inclinándose a darle un beso rápido–. Además, tenemos todo el fin de semana, ¿no?

Él se puso en pie también, se enrolló la manta a la cintura y la siguió hasta la puerta.

–¿He dicho algo que te ha disgustado?

–No –respondió ella, pero su sonrisa no fue del todo sincera–. Llámame mañana al trabajo y decidiremos lo que vamos a hacer.

–¿Seguro que estás bien?

–Estupendamente –contestó Rowena.

Pero Colin no la creyó.

¿Qué hacía Colin? ¿Por qué se estaba poniendo tan... emotivo? ¿Tan cercano? Se suponía que lo suyo era solo sexo y, de repente, ¿quería hablar?

Durante los últimos días, Rowena había pasado demasiado tiempo intentando convencerse de que Colin no era tan maravilloso como su cerebro intentaba hacerle creer. Al final saldría mal parada.

Era demasiado bueno para ella y, si él no se daba cuenta, si de verdad estaba empezando a sentir algo, tendría que ser ella la que le abriese los ojos.

Cuando llegó a su habitación, Betty estaba viendo la televisión.

–¿Qué tal el baño? –le preguntó.

–Muy refrescante –respondió Rowena–. ¿Qué tal Dylan?

–No ha dicho ni pío.

Betty solía marcharse en cuanto ella llegaba, pero en esa ocasión no se movió del sofá. Agotada, tanto física como mentalmente, Rowena se dejó caer a su lado y apoyó la cabeza en su hombro.

–¿Sabes qué es lo que me sorprende? –le preguntó Betty.

–¿Umm?

–Que lleves cuatro días nadando hora y media seguida sin mojarte el pelo. Ni siquiera hueles a cloro.

Rowena notó que se le cortaba la respiración. Se maldijo en silencio. ¿Cómo no se le había ocurrido darse un baño rápido antes de volver a su habitación?

–No te fustigues. Has estado tan contenta últimamente que me habría dado cuenta de todos modos.

–¿He estado contenta? –le preguntó ella, incorporándose.

–Más que en muchos años.

–¿Incluso después de Dylan?

–Ese era otro tipo de felicidad. Últimamente estás radiante.

–Betty, si mi padre se entera…

–Cariño, no se va a enterar por mí, ni por ningún otro empleado. Como oiga a alguien hacer algún comentario, tendrán que vérselas conmigo.

Rowena se alegró de oír aquello.

–Gracias. Con respecto a mi felicidad, no es amor, es solo una aventura.

–Si tú lo dices…

–Sí.

–¿Tan malo te parece abrir las puertas a la felicidad?

No era tan sencillo. La felicidad siempre tenía un precio, y a Rowena no le merecía la pena si al final iba a sufrir.

A la mañana siguiente, después de ver cómo la limusina del senador se alejaba de la mansión, Colin fue en dirección a la guardería con una caja llena de cuentos que su hermana le había enviado por correo. Era una excusa perfecta para ver a Rowena, comprobar que estaba bien y quedarse tranquilo después de cómo se había marchado la noche anterior.

Llamó al intercomunicador de la puerta y Tricia apareció pocos segundos después.

–Buenos días, Colin –lo saludó, abriéndole la puerta y dejándolo pasar.

Él vio a Dylan, que estaba en el arenero, jugando con una niña, pero no a Rowena.

–¿Dónde está Rowena, en su despacho? –le preguntó a Tricia.

–Está enferma y se ha quedado en casa. Tiene gripe. Es fácil contagiarse trabajando aquí.

–¡Colin!

Este se giró y vio a Dylan casi corriendo hacia él. Parecía alegrarse mucho de verlo.

–Eh, amigo –le respondió él, sorprendido al ver que el niño se lanzaba a sus brazos y lo abrazaba con fuerza.

–Mamá pupa –le dijo Dylan con el ceño fruncido.

–Ya lo sé. ¿Quieres que vuelva a casa a ver cómo está?

A Dylan se le iluminó la mirada.

–¡Yo también! ¡Yo también!

–De eso nada, Dylan –le dijo Tricia con firmeza–. Ya sabes que mamá quiere que te quedes aquí conmigo.

El niño hizo un puchero y Tricia lo tomó en brazos y le sonrió.

–Estoy seguro de que, si se lo pides, Colin le dará a mamá un beso de tu parte.

–¡Beso mamá! ¡Beso mamá!

–¿No me pegará la gripe? –bromeó él.

–No –contestó Dylan riendo.

La niña que había estado jugando con Dylan lo llamó y esté se retorció en los brazos de Tricia para que lo dejase ir de nuevo al arenero.

–¿No es un poco tarde para preocuparse de que te pegue la gripe, después de lo mucho que habéis estado nadando juntos estos últimos días? –preguntó Tricia–. No te preocupes, mis labios están sellados. Hacía mucho tiempo que no veía a Rowena tan feliz.

Él también se sentía feliz.

–He traído estos cuentos para la guardería –dijo, dándole la caja a Tricia.

–¡Gracias, Colin! –respondió Tricia, mirando la etiqueta de la caja–. ¿Te los han mandado desde Inglaterra?

–Sí. De hecho, son de cuando yo era niño.

–Es todo un detalle por tu parte. ¿Estás seguro

de que no quieres guardarlos para cuando tengas hijos?

–No, no te preocupes.

No sabía si tendría hijos. Para eso, tendría que sentar la cabeza, y no estaba seguro de querer hacerlo.

–Bueno, debería irme –añadió, dirigiéndose a la puerta.

–Eh, Colin –lo llamó Tricia–. Rowena parece dura, pero en realidad es muy vulnerable.

–Lo sé –admitió él.

–Nunca la había visto tan feliz, pero también está pasando por una época difícil. Si te aprovechas de ella y le haces daño, te lo haré pagar.

Colin no se molestó en decirle que las personas no solían empezar una relación con idea de hacerse daño, pero que era algo que ocurría a veces.

Volvió a la mansión y se encontró con Betty al pasar por la cocina.

–¿Va al piso de arriba? –le preguntó esta.

–Sí.

–¿Podría hacerme un favor? No sé si se ha enterado, pero Rowena no se encuentra bien. ¿Podría llevarle esto? –le preguntó, dándole un montón de toallas y sábanas limpias–. Va a llover y tengo artritis, así que subir y bajar las escaleras me sienta fatal.

–Por supuesto. Si piensa que a Rowena no le importará que pase a verla.

–Creo que ambos sabemos que no –respondió Betty guiñándole un ojo.

–¿Le ha contado Rowena...?

Ella sonrió y le dio una palmadita en el brazo.

–No ha hecho falta.

Al darle las sábanas y las toallas, le había proporcionado una excusa perfecta para pasar a verla.

–Gracias, Betty.

Esta se limitó a sonreír.

–Dígale que llame si necesita algo.

Colin subió al piso de arriba y llamó a la puerta de Rowena. Oyó un murmullo y supuso que podía entrar. La televisión estaba encendida y Rowena estaba hecha un ovillo en el sofá, tapada con una manta, con los ojos cerrados, pálida y sin fuerzas.

–Hemos pillado un virus, ¿no? –le dijo él.

Ella abrió los ojos y se tapó la cabeza con la manta.

–¿Qué estás haciendo aquí?

–Tricia me ha dicho que estabas enferma y Betty me ha pedido que te traiga unas toallas y sábanas limpias. ¿Cómo te encuentras?

–Horrible. Y mi aspecto también debe de ser terrible. Ni siquiera me he peinado esta mañana.

–¿Has llamado al médico?

Ella se asomó por debajo de la manta.

–Es solo una gripe, estaré bien en un par de días. Y tú no deberías estar aquí, supongo que no querrás contagiarte.

En vez de retroceder, Colin se sentó en el borde del sofá, a su lado.

–Teniendo en cuenta todo el tiempo que hemos pasado juntos, es probable que ya me haya contagiado. ¿Te has tomado la temperatura?

Rowena negó con la cabeza.

–¿Qué síntomas tienes?

–Fiebre, escalofríos, dolor corporal y un dolor de cabeza como si me fuese a explotar, pero el ibuprofeno me ha sentado bien.

Él le tocó la frente. No estaba demasiado caliente.

–¿Necesitas algo?

–No te preocupes por mí. Betty viene a verme de vez en cuando, y puedo llamarla si necesito algo.

–¿Has bebido agua?

–Un poco, al levantarme esta mañana.

–Deberías beber líquido para permanecer hidratada. ¿Has comido algo?

Ella negó con la cabeza.

–Lo último fue la cena de anoche.

–Cuando era niño y tenía gripe, mi hermana Matilda me hacía sopa de pollo. Bueno, pedía que me la prepararan, pero me hacía compañía mientras yo me la comía y me leía cuentos hasta que me quedaba dormido.

–¿Por qué tu hermana y no tus padres?

–Matty es veinte años mayor que yo, se ocupaba de mí cuando no estaba en el internado.

–¿Por qué ella?

–Cuando yo nací mis padres eran mayores. Mi padre tenía sesenta años y, mi madre, cuarenta y siete. No fui un bebé buscado y mis padres no tenían ganas de empezar otra vez a educar, sobre todo, teniendo en cuenta que era un niño complicado y precoz.

–¿Complicado y precoz? –repitió ella–. Jamás lo habría pensado.

–Me encantaba pegar fuego a las cosas.

Rowena abrió mucho los ojos.

–¿En serio?

Él miró a su alrededor.

–¿Lo tienes todo asegurado, no?

Ella sonrió débilmente, pero de verdad.

–La verdad es que mis días de pirómano terminaron el día que prendí fuego al cuarto de baño del internado. El castigo fue demasiado duro.

–Yo creo que querías llamar la atención.

–Imagino que sí.

–¿Tu hermana tiene familia?

–No. Se casó joven antes de que yo naciera, pero su marido enfermó poco después y murió. Estaba embarazada, supongo que se casaron por eso, pero perdió al bebé. Y después no volvió a casarse ni a tener hijos.

–Qué pena.

–A mí me gustaba pensar que mis padres eran mis abuelos y Matty, mi madre. Me quería como una madre y todavía sigue tratándome como a un hijo.

–¿Y si fueses su hijo?

Él se echó a reír y sacudió la cabeza.

–No, imposible.

–¿Tus padres todavía viven?

–Mi padre falleció cuando yo estaba en la universidad. Mi madre todavía vive, con mi hermana, pero no está bien.

–¿La ves a menudo?

–Una o dos veces al año.

–¿Solo?

–Matty me pide que vaya más, pero, en realidad, no hay ningún vínculo afectivo entre nosotros.

–Ojalá yo solo tuviese que ver a mi padre una vez al año.

De repente, Rowena se entristeció.

–Se suponía que este iba a ser nuestro fin de semana. Lo he estropeado.

–Habrá otros fines de semana. O tal vez te sientas bien mañana. Ya veremos.

–De acuerdo.

–¿No estarías más cómoda en la cama?

–Sí, pero Dylan ha tirado zumo en las sábanas al intentar traerme el desayuno.

–¿Quieres que las cambie para que te puedas acostar?

–No tienes por qué hacerlo, Colin.

–Ya lo sé, pero quiero hacerlo.

Tomó las sábanas que Betty le había dado y fue al dormitorio. Al quitar las sábanas manchadas aspiró su olor. Olían a ella. Conocía su olor, su sabor y cada curva de su cuerpo. Sabía dónde tenía que acariciarla para excitarla, cómo hacer para que llegase al clímax. Y eso era lo que más le gustaba. El sexo con Rowena era divertido además de extremadamente satisfactorio. No esperaba que la tratase como a una princesa ni que le dijese que la amaba. No hablaba de hacer el amor. Tenían sexo, ni más ni menos, y les salía muy bien.

Hizo la cama y la ayudó a acostarse.

–¿Estás bien?

Ella asintió.

Colin se inclinó y le dio un beso en la frente.

–Tengo que trabajar, pero pasaré a ver cómo estás dentro de una o dos horas.

Le dio otro beso.

–Hasta luego.

–Colin, no hace falta.

No, no hacía falta, pero quería hacerlo.

Capítulo Nueve

Rowena estuvo dando vueltas en la cama un rato y después se quedó dormida. Cuando despertó, se sintió desorientada porque la habitación estaba a oscuras. Como no llevaba puestas las lentillas, no vio la hora en el reloj, pero cuando se movió, notó que le dolía todo el cuerpo y se acordó de que estaba enferma.

Colin debía de haberse imaginado que iba a sentirse así, porque le había dejado un vaso con agua y unas pastillas encima de la mesita de noche.

Se incorporó para tomarse una pastilla y notó que se mareaba.

¿Qué hora sería? ¿Quién se estaría ocupando de Dylan?

–¿Colin? –llamó–. ¿Betty? ¿Hay alguien?

Colin apareció en la puerta un instante después.

–Te has despertado.

–¿Cuánto tiempo he dormido? ¿Es de noche?

–Son las nueve y media –respondió él, dando la luz.

–¿De la noche? –preguntó ella, entrecerrando los ojos porque le molestaba la claridad–. ¿Dónde está Dylan? Tengo que hacerle la cena.

–Dylan y yo hemos cenado hace rato. Está en la cama.

–¿Habéis cenado juntos?

–Nos ha traído la cena Betty. Es una excelente cocinera.

–Debería ir a ver cómo está –dijo Rowena, pero casi no fue capaz de incorporarse.

–Relájate –le dijo Colin–. Dylan está bien.

–Tiene que tomar su medicación…

–Betty me ha enseñado la lista y se la he dado yo.

–¿Betty sabe que estás aquí?

–Tengo la sensación de que Betty lo sabe todo. Supongo que has hablado con ella.

–Hemos hablado. No nos va a delatar. –Se dejó caer de nuevo sobre el colchón–. Siento que tengas que hacer esto.

–No lo sientas. Lo hemos pasado bien. Dylan es un chico estupendo.

Un chico estupendo que no debía encariñarse con Colin.

–¿Tienes hambre? –le preguntó este.

Ella negó con la cabeza. Se encontraba mucho peor que por la mañana. Le dolía todo el cuerpo.

–A lo mejor necesito otro ibuprofeno –le dijo.

Estaba tan débil que Colin tuvo que ayudarla a sentarse y sujetarle el vaso de agua para que se tomase las pastillas.

–¿Puedes decirle que Betty que suba? Le pediré que pase la noche conmigo por si Dylan se despierta.

–Se ha ofrecido a subir, pero le he dicho que no hacía falta. Me voy a quedar yo.

–Colin, de verdad que no tienes que hacerlo.

–Tienes razón, no tengo que hacerlo, pero quiero hacerlo.

Ella se preguntó el motivo. Al fin y al cabo, se suponía que lo suyo era una aventura. Solo sexo. Estaba empezando a gustarle de verdad y Colin estaba poniendo las cosas peor.

–¿Por qué no te vuelves a dormir? –le preguntó él, dándole un beso en la frente–. Mañana estarás mejor.

Eso esperaba Rowena. Antes de que le diese tiempo a protestar de nuevo, Colin se marchó y ella se sentía tan débil que decidió intentar dormir. Cuando volvió a despertarse era de día. Oyó ruidos procedentes de la cocina y la risa de Dylan.

Se sentó y notó aliviada que, a pesar de sentirse todavía débil, no le dolía nada. Ni siquiera la cabeza. Le rugió el estómago y el aroma a café recién hecho hizo que saliese de la cama.

Al ver su reflejo en el espejo decidió que el café tendría que esperar. Colin no podía verla así.

Colin vistió a Dylan, le dio el desayuno y la medicación y después le puso los dibujos animados en la televisión. Teniendo en cuenta que solo tenía dos años y medio y ciertas necesidades especiales, Dylan era un niño muy independiente y fácil de cuidar. Al parecer, había comprendido que su madre estaba enferma y necesitaba descansar.

Una hora antes, cuando él se había levantado de la cama, Rowena seguía profundamente dormida, pero cuando volvió a su habitación a ver cómo estaba encontró la cama vacía y oyó el ruido de la ducha en el cuarto de baño. Esperaba que se sintiese mejor.

–¡Colin! –lo llamó Dylan desde el salón.

Cuando llegó, el niño le tendió su taza.

–*Sumo po favo* –le dijo.

Y Colin entendió que quería zumo.

–¿Zumo de manzana? –le preguntó.

Y el niño asintió.

Colin le sirvió el zumo y después recogió los platos del desayuno y los metió en el lavavajillas. Estaba terminando de recoger cuando Rowena salió de su dormitorio. Iba vestida con unos pantalones de pijama de franela y una sudadera de los Lakers. No iba maquillada y tenía el pelo mojado, pero parecía estar mejor.

–Buenos días –la saludó–. Veo que hoy te encuentras mejor.

–Todavía estoy un poco débil, pero mejor.

–¡Mamá! –gritó Dylan.

Ella sonrió.

–Hola, cariño.

El niño corrió hacia su madre, que lo tomó en brazos y le dio un fuerte abrazo, y Dylan le contó todo lo que había hecho con Colin mientras ella estaba enferma.

–Parece que lo has pasado bien.

El niño asintió.

–¿Es mi papá? –preguntó.

La pregunta sorprendió tanto a Colin como a Rowena. Esta no supo qué contestar, y Colin intentó distraer al niño.

–¿Le enseñamos a mami lo que hiciste ayer en clase de plástica? –le preguntó.

–¡Sí! –respondió el pequeño emocionado.

Rowena lo dejó en el suelo y Dylan fue a su habitación.

–Lo siento mucho –le dijo Rowena a Colin.

Parecía horrorizada.

–No pasa nada.

–No sé de dónde se ha podido sacar eso. Es la primera vez que lo hace.

–Rowena…

–Está confundido. Sus amigos hablan de sus papás y… claro, yo no salgo nunca con nadie, así que no está acostumbrado a tratar con hombres.

Él le tocó el brazo.

–No pasa nada. No tienes que darme explicaciones. No pensé que Dylan podría confundirse si me veía aquí. Siento haberte puesto en una situación difícil.

–Últimamente quiere muchas cosas que yo no puedo darle. Tengo la sensación de que le estoy fallando.

Dylan volvió al salón con un dibujo en la mano.

–¡Oh, cariño, me encanta! –le dijo ella.

Colin tuvo la sensación de que su voz era llorosa. ¿Cómo podía pensar que le estaba fallando a su hijo? El niño era feliz gracias a ella.

–Eh, ¿me pones una taza de café? –le preguntó Rowena, sacándolo de sus pensamientos.

Rowena no pudo creer que, después del comentario de Dylan, Colin no hubiese salido corriendo hacia la puerta, pero allí seguía, en su cocina.

–¿Por qué no comes algo? –le preguntó él–. Te he guardado unas tortitas.

–¿De Betty?

–No. Las he preparado yo.

–Ah, bueno. Me las comeré.

Colin se echó a reír.

–No te preocupes, están buenas.

Colin metió un plato en el microondas y después le sirvió un café.

–¿Quieres leche, azúcar?

–Lo quiero solo –respondió ella. No había nada como un buen café para empezar el día–. No sabía que supieses cocinar.

–Hay muchas cosas que no sabes de mí.

Era normal, solo tenían una aventura.

El microondas pitó y Colin le puso el plato delante. Rowena untó las tortitas con mantequilla y mermelada y las probó.

–¡Oh, Dios mío! ¡Están deliciosas!

Las engulló y después se sintió mucho mejor.

–Estoy pensando que, para no confundir a Dylan, tal vez sería mejor si solo nos viésemos cuando él no esté delante –comentó Colin.

–Estoy de acuerdo. Nos queda una semana y media y la idea es pasarlo bien, no complicarnos la vida.

La vida de Rowena ya iba a complicarse bastante durante los siguientes meses.

–Tengo que ir a hacer un par de cosas –comentó Colin–. Mándame un mensaje luego, cuando Dylan esté en la cama. Betty me ha dicho que la mayoría de los empleados pasa el fin de semana fuera de la casa, así que, si tenemos cuidado, no tiene por qué vernos nadie.

Rowena pensó que Betty era estupenda.

–De acuerdo.

–No sé si sabes que anoche por fin estuvimos juntos en una cama, y lo único que hicimos fue dormir.

Ella sonrió.

–Hasta luego –le dijo Colin, mirando a Dylan, que estaba hipnotizado con la televisión–. Mándame un mensaje.

Cuando se hubo marchado, Rowena se sentó en uno de los taburetes de la cocina a beberse el café. Se había servido un segundo cuando Cara la llamó por teléfono.

–He buscado en Internet y he preguntado por ahí, pero nadie sabe qué ha sido de Madeline –le contó–. Es como si se la hubiese tragado la tierra.

–A lo mejor se ha cambiado el nombre y ahora es Angelica Pierce. ¿No tendrás algún anuario del instituto?

–Es posible. ¿Y tú?

–A lo mejor lo tengo guardado con mis cosas en Washington, pero no sé cuándo podré ir a buscarlo.

No tenía pensado ir a Washington.

–Entonces, intentaré encontrar el mío.

–Por cierto, ¿has hablado con Ariella?

–Sí. Creo que sigue en estado de shock.

¿Y quién no lo estaría al enterarse de que podía ser hija del presidente?

–¿Se han reunido ya?

–Todavía no. Ariella quiere esperar a tener los resultados de la prueba de ADN.

–Dale recuerdos de mi parte y dile que me acuerdo mucho de ella.

–Te lo agradecerá. Es muy buena persona. No se merece esto.

Estuvieron hablando unos minutos más y luego Rowena se acercó a Dylan.

–Eh, cielo, ¿quieres que vayamos un rato al parque?

Colin la miró y sonrió.

–¡Colin viene también!

Rowena se maldijo.

–No, Dylan. Colin no va a venir con nosotros. Solo se ha quedado aquí porque mamá estaba enferma y necesitaba ayuda. Como cuando te ayudó a ti porque te habías hecho daño.

–¿Es mi papá? –volvió a preguntar el niño.

Ella suspiró.

–No, cariño, no es tu papá, pero puede ser tu amigo.

–No tengo papá –dijo Dylan.

Y a ella se le rompió el corazón.

–Algunos niños no tienen papás, pero eso solo significa que sus mamás los quieren todavía más –le dijo, haciéndole cosquillas–. Ahora, ponte los zapatos y ve a buscar tu mochila. Puedes llevar un juguete.

–¡Sí!

Lo vio ir hacia su habitación y sintió que no podía quererlo más. Y, de repente, tuvo la sensación de que, a pesar de todo, estaría bien y sería feliz.

Ojalá pudiese decir lo mismo acerca de su propia vida.

Capítulo Diez

Rowena y Dylan estuvieron en el parque hasta la hora de la comida y, después, ella lo llevó a su restaurante de comida rápida favorito y hasta le permitió que se tomase un refresco. En el futuro no tendría dinero para esos caprichos.

A las siete y media lo metió a la cama y el niño se durmió nada más apoyar la cabeza en la almohada.

A Rowena le apetecía que aquella noche fuese diferente, así que se quitó la ropa y se puso un picardías de encaje que había comprado antes de tener a Dylan. Encima se puso la bata de seda y después se peinó y se pintó los labios.

En la caseta de la piscina era todo tan rápido que no se molestaba en arreglarse para Colin, pero esa noche sería distinta. Tendrían prácticamente toda la noche y no podía negar que le apetecía poder tener sexo en una cama, para variar.

En vez de enviarle un mensaje, se abrió la bata, se hizo una foto y se la mandó. Un minuto después llamaban a su puerta.

Rowena la abrió y Colin rugió al verla.

–¿Te has puesto así para mí? –preguntó, entrando en la habitación y pasando los dedos por el picardías.

–He pensado que estaría bien cambiar un poco.

–A mí también me habría gustado venir con mi pijama de seda, pero habría sido difícil dar una explicación si alguien me hubiese visto y, además, no tengo ningún pijama de seda.

–Me gustas así –le dijo ella.

Era muy fácil deshacerse de la ropa de deporte.

Rowena pensó que era muy afortunada de haber vuelto a tener relaciones con un hombre tan caliente e increíble en la cama... o en el suelo.

–Por curiosidad, ¿qué te pones para dormir?

–Nada –respondió él.

A Rowena le gustó la respuesta.

–Tenemos casi toda la noche, así que no hace falta que nos precipitemos. ¿Quieres beber algo? Tengo refrescos o té con hielo. Si no, podría conseguirte una botella de whisky.

–Agua está bien –respondió él, agarrándose el puente de la nariz con dos dedos.

–¿Estás bien? –le preguntó ella.

–Sí. Solo un poco cansado. Ha sido una semana complicada.

Rowena estaba de acuerdo.

–Siéntate. Iré por el agua.

Llenó dos vasos de hielo y agua. Estaba un poco nerviosa. No por el sexo, porque en ese aspecto no tenían ningún problema, sino porque Colin iba a estar allí un rato. ¿De qué iban a hablar y qué iban a hacer cuando no estuviesen en la cama? ¿Y si se aburrían estando juntos?

En ese caso, siempre podía fingir que se quedaba dormida.

Volvió al salón y dejó los vasos en la mesita del café. Colin estaba sentado en el sofá, con la cabeza apoyada en un cojín y los ojos cerrados.

Se sentó a su lado y le tocó el brazo.

–Despierta, dormilón.

Él abrió los ojos.

–Lo siento, ¿me he quedado dormido?

–Eso parece.

Colin bostezó.

–Estoy muerto –dijo, y luego se frotó las sienes–. Y me duele muchísimo la cabeza.

Ella se cruzó de brazos.

–¿No se supone que esa excusa la debo poner yo?

–No es una excusa. La verdad es que no me encuentro bien.

Estaba un poco pálido y tenía los ojos inyectados en sangre. Rowena le tocó la frente.

–Colin, tienes fiebre.

–Maldita sea –murmuró él–. Tenía que habérmelo imaginado.

–Vamos –le dijo ella ofreciéndole una mano–. Estarás más cómodo en la cama.

Él suspiró y apoyó la cabeza en los cojines.

–¿Me das un minuto antes de echarme?

¿Echarlo?

–Quería decir en mi cama, Colin.

Él arqueó las cejas sorprendido.

–Después de lo que has hecho por mí, ¿cómo no voy a cuidar de ti?

–No quiero ser un lastre para ti.

Rowena puso los ojos en blanco.

–Por favor, no te hagas el duro conmigo. Te guste o no, te vas a quedar aquí hasta que te encuentres bien.

–¿Y Dylan?

–Dejaremos la puerta de la habitación cerrada con llave. No se enterará de que estás aquí.

–¿Y el personal de servicio?

–Le diré a Betty que, si alguien pregunta, diga que estás en tu habitación porque no te encuentras bien y que no quieres que te molesten. Si tu gripe es como la mía, de aquí al martes ya estarás bien. Venga, vamos.

Él tomó su mano y dejó que lo ayudase a levantarse.

–Puedo estar solo, de verdad –le aseguró Colin de camino al dormitorio.

–Sí, por supuesto.

Casi todos los hombres se portaban como niños cuando estaban enfermos. Aunque tal vez Colin, al ser militar, fuese un poco más duro.

Rowena encendió la luz de su habitación y retiró las sábanas.

–Las he cambiado esta mañana. ¿Necesitas algo de tu habitación? ¿Un pijama?

Él negó con la cabeza.

–Métete en la cama. Iré por un ibuprofeno.

Tomó su vaso de agua de la mesita del café y la caja de pastillas. Colin estaba sentado en el borde de la cama, en calzoncillos. Parecía un anuncio de ropa interior.

–Tenemos un fin de semana para estar juntos y ocurre esto –protestó.

–Tal vez te sientas mejor mañana por la noche –le dijo ella, sacando dos pastillas y dándoselas.

Colin se las tragó y se tumbó. Rowena lo tapó y después se sentó a su lado y volvió a tocarle la frente. Estaba muy caliente.

–¿Te he dicho ya que pienso que eres una mamá maravillosa?

Ella sonrió.

–Supongo que tengo mis momentos.

–Te lo dice alguien cuya madre no tenía ni idea. Dylan tiene mucha suerte de tenerte.

–Mi madre tampoco fue precisamente modélica. Nos dejó y se marchó con el pupilo de mi padre. Este también dejó a su mujer e hijos para estar con ella. Todo por una relación que no duró nada.

–¿Cuántos años tenías tú?

–Once, y era una chica impresionable y frágil.

–¿Nunca volvió?

Ella negó con la cabeza.

–Conoció a un sueco muy rico que se la llevó a Europa. Tuvieron dos niños adorables, de pelo rubio y ojos azules, y los llamaron Blitz y Wagner que, en mi opinión, son nombres de perro. Yo estaba en el instituto cuando empezó a rumorearse que había tenido otros amantes. Al parecer, tenía muy mala fama en Washington. Se dijo que solo se había casado con mi padre porque se había quedado embarazada de mí.

–¿Es verdad?

Rowena se encogió de hombros.

–No lo sé, no quiero saberlo.

–¿No hablas nunca con ella?

–Me manda una tarjeta por mi cumpleaños y por Navidad, pero no hablamos.

–Así que creciste solo con el senador.

–Yo diría que crecí sola. Nunca fue un padre entregado, pero cuando ella se marchó, desapareció del todo. Yo pensaba que si era la hija perfecta se fijaría en mí, tal vez hasta se sintiese orgulloso de mí, pero luego me di cuenta de que, por buenas que fuesen mis notas, por ejemplar que fuese mi comportamiento, nunca estaría contento. Solo me quería para hacerse fotos conmigo y dar una buena imagen. Así que decidí que para qué iba a ser buena, si ser mala era mucho más divertido. Y, además, eso le daba mala imagen a él también.

–¿Y funcionó?

–Sí, demasiado bien. El alcohol y las drogas lo enfadaban a él y hacían que yo no sintiese nada.

–¿Culpas a tu padre de tus adicciones?

–No, en absoluto. Soy la única responsable. La situación era mala y yo la empeoré. Lo que lamento es haberle hecho daño a otras personas, no a él.

–Mírate ahora. Has superado todo eso.

–Pero a veces me da miedo recaer, o fallarle a Dylan.

–Todos tenemos miedo a algo. Si no, no seríamos humanos.

–Supongo que tienes razón.

Colin bostezó y cerró los ojos.

Ella volvió a tocarle la frente. Estaba un poco mejor. Iba a decirle que se iba a marchar para dejarlo dormir, pero notó por su respiración que ya estaba dormido.

Se quedó allí sentada unos minutos, probablemente más de lo que hubiese debido, viéndolo dormir.

Se sintió tentada a meterse con él en la cama, pero en su lugar durmió en el sofá.

Se despertó al notar que alguien le daba en la espalda. Imaginó que era Colin, que se sentía mejor, pero al darse la vuelta vio a Dylan.

–¡Hola, mamá!

Ella se sentó, confundida y desorientada.

–¿Se ha levantado Colin? –preguntó.

–Está *domido* –dijo Dylan.

–¿Y cómo te has bajado tú de tu cama?

–He *tepado.* ¡Quiero cama *gande!* –le dijo el niño todo orgulloso.

–Dylan Michael Tate, ¡no vuelvas a hacer eso nunca más!

El niño dejó de sonreír y le tembló el labio inferior. Bajó la vista a la moqueta y con los ojos llenos de lágrimas dijo:

–Lo siento, mamá.

Ella se sintió culpable por haberle gritado. Lo abrazó.

–No, es mamá la que lo siente. No tenía que haberte gritado, pero es que me da miedo que te hagas daño.

Dylan se acurrucó contra su pecho; estaba temblando.

–Quiero ser chico *gande*.

–Ya lo sé, cariño, y serás grande. Solo tienes que tener paciencia.

–¿Va todo bien por ahí?

Rowena levantó la vista y vio a Colin apoyado en el marco de la puerta, descalzo y sin camisa. Solamente llevaba los pantalones de deporte puestos.

–¡Colin! –gritó Dylan, corriendo hacia él para agarrarse a sus piernas.

Colin le acarició la cabeza.

–Dylan ha salido él solo de su cuna esta mañana, trepando –le explicó Rowena.

–Ya lo sé –respondió Colin–. Ha venido a la habitación a buscarte.

–Anda, que nos ha salido bien el plan –comentó ella.

–¿Es la primera vez que sale solo de la cuna?

Rowena asintió.

–¿Cómo te encuentras?

–Como si me hubiesen dado una paliza. Me duele todo. Hasta el pelo.

–¡Lo sé! A mí me pasó igual.

–¿Me das un par de ibuprofenos?

–Por supuesto. Vuelve a meterte en la cama. Te los llevaré.

Colin despeinó a Dylan.

–Vas a tener que soltarme, amigo.

–Dylan, cariño, Colin está enfermo.

–¿Como mamá?

–Eso es. Colin cuidó de mamá y ahora mamá va a cuidar de él. ¿Lo entiendes?

El niño asintió entusiasmado, pero Rowena no supo si lo había entendido.

–¿Por qué no juegas un rato en tu habitación?

Dylan se marchó y Rowena buscó las pastillas y fue por un vaso de agua para Colin. Cuando llegó a su habitación, este estaba metido en la cama. Había dejado los pantalones tirados en el suelo y estaba sentado, con las sábanas hasta la cintura.

–¿Has dormido en el sofá? –preguntó.

Ella se sentó en el borde del colchón y le dio las pastillas.

–Sí.

Colin se las tragó y dejó el vaso en la mesita de noche.

–No hacía falta.

–Lo sé.

–Me siento egoísta. Te he echado de tu cama.

–No pasa nada.

–¿Y qué pasa con Dylan?

–Lleva desde los dos años pidiéndome una cama de niño grande y, al parecer, se le ha agotado la paciencia y hoy ha salido trepando de la cuna. Tengo que cambiarlo de cama.

–¿Por qué?

–Porque ahora que sabe que puede hacerlo, lo hará una y otra vez y me da miedo que se caiga, pero también me da miedo que se caiga de una cama normal.

–¿Por qué no empiezas poniéndole un colchón en el suelo? Si se cae no se hará mucho daño y, si no se cae, sabrás que está preparado para dormir en una cama.

–Qué buena idea. ¿Cómo se te ha ocurrido?

–Me ha parecido una solución lógica.

Tan lógica que Rowena no podía creer que no se le hubiese ocurrido a ella.

–Voy a intentarlo.

Colin bostezó y cerró los ojos.

–¿Estás cansado? –le preguntó Rowena.

Él asintió.

–¿Quieres que te traiga algo de comer antes de que Dylan y yo nos marchemos?

–¿Adónde?

–Es lunes. Tengo que trabajar.

–Se me había olvidado por completo qué día era. No, no quiero nada, gracias.

–Antes de marcharme le pediré a Betty que pase a verte de vez en cuando, y dejaré el teléfono encendido para que me llames si necesitas algo.

–Gracias.

Rowena fue a levantarse, pero él la agarró de la muñeca.

–Gracias –repitió.

Algo en su manera de decirlo, en el tono de su voz, en la sinceridad de su mirada, hizo que a Rowena se le encogiese el pecho. Se inclinó y le dio un beso en la mejilla.

–Que te mejores.

Casi había llegado a la puerta cuando Colin le dijo:

–¿Rowena?

Ella se giró.

–Cuando he dicho que eres una buena madre, lo he dicho de verdad.

Al menos, lo intentaba. Y le gustó que otra persona se lo dijera.

–Gracias.

Sabía que otras mujeres jóvenes lo consideraban anticuado, pero ella no tenía grandes aspiraciones profesionales. Su trabajo más importante consistía en ocuparse de Dylan. Si algún día formaba una familia, lo haría con alguien que compartiese esos valores. Si es que existía ese hombre.

Capítulo Once

Colin no estaba en su habitación cuando Rowena regresó de trabajar ese día a las seis de la tarde.

–¿Dónde estás? –le preguntó cuando descolgó el teléfono.

–Esta noche voy a dormir en mi habitación y he pensado que sería mejor no estar en la tuya cuando Dylan llegase.

–Gracias por ser tan comprensivo.

–Es tu hijo. Tiene que ser lo más importante. Además, ya me encuentro mejor.

–¿Has comido algo?

–Betty me ha traído una bandeja.

–Si necesitas cualquier cosa, no dudes en llamarme.

–Lo haré. Gracias otra vez.

Solo les quedaba una noche antes de que el senador volviese a casa, y después tendrían que volver a encontrarse en la caseta de la piscina, hasta que Colin volviese a Inglaterra.

Esa noche, cuando Rowena metió a Dylan en la cuna, el niño le preguntó:

–¿Voy a tener cama *gande?*

–¿Sabes qué? Que mamá te ha comprado una

cama de niño grande y la van a traer dentro de dos días.

Dylan abrió mucho los ojos.

–¿No cama de bebé?

–No. Una cama de verdad. Dos noches más y la tendrás.

–¡Sí!

–Pero tienes que prometerme que, hasta entonces, no volverás a salir de la cuna trepando. Podrías hacerte daño. ¿Me lo prometes?

–*Pometo.*

A pesar de la promesa, cuando Rowena entró en la habitación de su hijo a la mañana siguiente, se lo encontró sentado en el suelo, jugando con las construcciones.

–¡He *tepado,* mamá! –le contó el niño emocionado.

Y ella no se molestó en volver a reprenderlo. Esa noche sacaría el colchón de la cuna y lo pondría en el suelo. Además, había encargado una barrera para poner en la puerta de la habitación y llegaría esa misma tarde.

Al llegar a la guardería, Dylan le contó a todo el mundo que iba a tener una cama nueva.

–No estoy preparada para que crezca –le contó Rowena a Tricia.

–En cualquier caso, no vas a poder evitarlo –respondió esta.

–Lo sé. Ojalá fuese siempre un bebé.

–Podrías tener otro. Por cierto, ¿cómo se encuentra Colin hoy?

Rowena la fulminó con la mirada.

–Muy graciosa.

–¿Ha vuelto a dormir en tu habitación?

–No. Ha insistido en que yo duerma en mi cama.

–¿Y no cabéis los dos?

–¿Cómo se lo íbamos a explicar a Dylan por la mañana?

Tricia se encogió de hombros.

–Sí, supongo que tienes razón. Entonces, ¿lo vuestro sigue siendo solo una aventura?

–Sí.

–¿Y para ti es suficiente?

–Aunque quisiera más, pronto tendrá que volver a Inglaterra.

–¿Y si te pidiera que te marchases con él?

–No lo hará.

–Pero, ¿y si lo hiciera?

–Las relaciones son complicadas, hay que trabajar mucho en ellas. Y, al final, casi nunca duran. Además, no quiero salir de casa de mi padre para meterme en casa de otro hombre. Quiero ser... yo. Cuidar de mí misma y de Dylan.

–Pero te va a costar mucho dejar la guardería. Es tu proyecto.

A Rowena se le llenaron los ojos de lágrimas, como siempre que se imaginaba marchándose de allí.

–¿Sabes qué? –añadió su amiga–. Que vas a conocer a un hombre que te quiera y que te sepa apreciar, a un hombre que va a ser un padre maravilloso para Dylan. Y tú vas a ser muy feliz con él.

Rowena no se molestó en contestarle que, en la vida real, los finales felices no existían.

Al menos, para ella.

Colin tenía un problema. Tenía a Rowena acurrucada contra su cuerpo, con la cabeza apoyada en su pecho. Era como si estuviesen hechos el uno para el otro, y lo más desconcertante era que le encantaba la sensación.

Siempre había evitado tener relaciones serias, no les veía sentido.

¿Por qué atarse a una sola mujer habiendo tantas en el mundo?

Pero, con el paso de los años, había ido viendo cómo sus amigos formaban familias. Y él era el único que seguía estancado.

–Se me había olvidado lo estupendo que es tener sexo en una cama –comentó Rowena–. Por divertido que sea hacerlo contra la pared, contra la puerta, o en la ducha.

–O encima de la mesa de la cocina –añadió él sonriendo.

–Sí, eso tampoco estuvo mal.

El teléfono de Colin empezó a sonar y él lo tomó y miró la pantalla. Era el padre de Rowena, que lo llamaba desde su despacho de Washington.

Qué oportuno.

–Hola, senador. Pensé que a estas horas estaría volando de vuelta a Los Ángeles.

–He tenido que quedarme. Me gustaría que vinieras a Washington y que nos reuniésemos con unos amigos míos. Queremos formar un comité de investigación para averiguar de dónde saca la cadena ANS información acerca de la vida privada de muchos ciudadanos, incluido el presidente. ¿Puedes venir?

–Por supuesto. ¿Cuándo tengo que estar allí?

–Vamos a reunirnos el jueves a las diez de la mañana en mi despacho.

–Allí estaré.

Colin colgó el teléfono y se maldijo. Aquella era su última semana con Rowena. No quería marcharse a Washington.

Ella se tumbó boca arriba y se estiró.

–¿Adónde tienes que ir?

–A Washington. A una reunión con tu padre el jueves por la mañana.

–¿Para qué?

Él se lo explicó.

–Para eso no hace falta un comité. Mi padre sabe muy bien que ANS está detrás del escándalo del presidente. Solo lo hace para manipularte, para dominarte. Te va a exprimir y luego te dará una patada en el trasero y se llevará él todo el mérito.

–Es probable –admitió Colin, que no tenía elección si quería que se firmase el tratado–. Podrías venir conmigo.

–¿A Washington? –preguntó ella sorprendida.

–¿Por qué no?

Colin pensó que la respuesta iba a ser negativa, pero la vio dudar.

–Quería buscar unas cosas que tengo allí, y ver a alguien... Pero mi padre no se puede enterar.

–Nadie se enterará de que estás allí.

–A no ser que tenga un motivo legítimo para ir. Mi amiga Cara va a casarse. Puedo decir que me ha pedido que la acompañe a elegir el vestido. Le preguntaré a Tricia si puede quedarse con Dylan. Se ha ofrecido miles de veces. También podría hacerlo Betty...

Colin se sentó, tomó su teléfono y se lo dio a Rowena.

–Llámala ahora mismo.

Pensó que sería beneficioso tanto para Rowena como para Dylan, que estaba deseando tener algo de independencia.

Ella se sentó también y tomó el teléfono. Se quedó unos segundos mirándolo, como si no tuviese clara la decisión, y Colin no la presionó. Por fin, marcó el número.

–Hola Tricia, quería preguntarte... Colin me ha pedido que vaya con él a Washington el jueves, y me preguntaba si podrías quedarte con Dylan una noche.

Escuchó y sonrió.

–¿Seguro que no te importa? –añadió después. Se echó a reír–. De acuerdo, lo haré.

Colgó y le devolvió el teléfono a Colin.

–Como podrás imaginar, ha dicho que sí.

–Estupendo –dijo él, empezando a organizarse mentalmente.

–Yo compraré los billetes de avión. ¿A qué hora quieres que salgamos de aquí?

–A primera hora de la tarde.

–Del resto ya nos preocuparemos mañana –le dijo él–. Ahora quiero seguir disfrutando de nuestra primera noche en una cama de verdad.

–Pero...

Colin la acalló con un beso y después la hizo rodar hasta colocarla encima de él, ya que le pareció la mejor manera de distraerla.

Cuanto más se acercaba el final de su aventura, menos ganas tenía él de que terminase, pero tampoco estaba preparado para una relación formal.

Rowena tomó uno de los preservativos que él había dejado en la mesita de noche y lo abrió con los dientes de manera sensual, como sabía que le gustaba. Colin intentó imaginarse cómo sería no poder volver a tocarla jamás, pero entonces ella lo ayudó a que la penetrase y él decidió que ya se preocuparía de eso en otro momento.

A la tarde siguiente, Rowena se despidió de Tricia mientras Colin la esperaba delante de la guardería, en la limusina que había alquilado.

Nunca había estado tanto tiempo separada de Dylan y, a pesar de que confiaba en Tricia, tenía miedo y estaba triste. El niño, por su parte, estaba tan emocionado que casi la echó de allí.

–Todo irá bien –le aseguró Tricia–. Márchate y pásalo bien. No te preocupes por nosotros. Si hay algún problema, te llamaré.

El conductor le abrió la puerta y Colin sonrió desde dentro. Cuando Rowena se sentó a su lado, le dio un maravilloso beso. Tenían por delante un largo vuelo, y ella ya estaba deseando que se terminase para poder a estar a solas con él.

–¿Qué tal ha ido? –le preguntó Colin mientras el conductor arrancaba el coche–. ¿Se ha disgustado Dylan al enterarse de que te marchas?

–Estaba deseando deshacerse de mí. Odio admitirlo, pero creo que va a estar bien. Hace solo un año era un bebé que no quería separarse de mí ni un minuto. ¿Cuándo ha dejado de depender de mí?

Colin la abrazó por los hombros.

–Sigue dependiendo de ti, es solo que necesita un poco de independencia. Eso es bueno.

–Es un chico duro –comentó Rowena sonriendo.

–Como su madre –añadió Colin, dándole un beso en la frente.

Ella deseó que fuese cierto, pero no era tan fuerte como Colin creía.

Miró por la ventanilla y vio que iban en dirección contraria al aeropuerto.

–¿Adónde vamos?

–He contratado un vuelo en un jet privado.

Rowena se quedó de piedra. Ni siquiera su padre hacía eso.

–¿Sabes que es lo mejor de viajar en un jet privado? –comentó él.

–¿Que hay barra libre y cacahuetes a discreción?

Él se echó a reír.

–Eso está muy bien, pero yo me refería a otra cosa: que no hay más pasajeros.

Sonrió maliciosamente y luego añadió:

–¿Lo has hecho alguna vez en un avión?

Ella se echó a reír.

–¡Por supuesto que no!

–¿Y te gustaría probarlo?

Capítulo Doce

Aunque no le gustase admitirlo, volver a Washington después de tanto tiempo fue para Rowena como volver a casa.

En la limusina, de camino al hotel, cada monumento, cada calle, le evocó un recuerdo. Unos buenos y otros no tanto, pero todos hicieron que sintiese nostalgia.

No quería volver a vivir allí. Le gustaba demasiado el ritmo de vida, más tranquilo, de California del sur. Además, todos los médicos y terapeutas de Dylan estaban en Los Ángeles.

Pero podía volver a Washington de vez en cuando, a visitar a sus viejos amigos. Esa noche, pensó, iba a pasarla con uno nuevo, que iba mirando por la ventanilla y le agarraba la mano.

El viaje en avión había sido muy divertido.

Rowena llevaba tanto tiempo pensando solo en Dylan y en ser una madre perfecta que se había olvidado por completo de divertirse. No se había sentido tan libre de preocupaciones, tan feliz, en mucho tiempo.

Antes de llegar al hotel, llamó a Tricia para ver cómo iba todo.

–Estupendamente –le dijo su amiga–. Dylan se

ha portado fenomenal, como siempre. Ha dormido una hora de siesta y ahora estamos preparando la cena.

Rowena se sintió aliviada. Podía ser la madre de Dylan y, al mismo tiempo, ser ella misma y tener su propia vida. Y sin sentirse culpable. O no mucho.

La limusina se detuvo delante del hotel Four Seasons, en Georgetown, y cuando el conductor les abrió la puerta los saludó un viento frío y húmedo, y Rowena pensó que le gustaba mucho más el clima de California.

El vestíbulo seguía siendo tan amplio y moderno como recordaba, pero cálido al mismo tiempo. Mientras Colin se registraba ella se acercó a la chimenea y no pudo evitar sentir que, a pesar de que eran dos adultos, estaban haciendo algo arriesgado.

–¿Preparada? –le preguntó Colin, acercándose con dos tarjetas en la mano.

Le dio una y Rowena se la guardó en el bolso.

–Preparada.

Se sintió como una princesa mientras se dirigía al ascensor con la mano de Colin apoyada en su espalda. En público, el comportamiento de este era distinto. Todo en su apariencia, en su manera de moverse, exigía atención y respeto. Una semana antes Rowena habría pensado que era un hombre arrogante y presuntuoso, pero en esos momentos le parecía muy seguro de sí mismo.

La habitación estaba preparada. La chimenea estaba encendida y había una botella de champán fría al lado, un champán que ella no podía beber. Aunque al acercarse descubrió que era sidra sin alcohol.

–Estaba pensando que podíamos cenar hoy aquí –comentó Colin. Luego sonrió y añadió–: La ropa es opcional, por supuesto.

–Me parece bien.

–Decidido entonces.

Colin se quitó el abrigo y ayudó a Rowena a hacer lo mismo. Luego los dejó en el respaldo del sofá.

–¿Tienes hambre ya?

–Sí. He estado tan ocupada preparándolo todo que no he comido al medio día.

–¿Qué te apetece?

–Ahora mismo, cualquier cosa.

Leyeron la carta, pidieron la cena y entonces sonó su teléfono. Lo primero que pensó Rowena fue que le había pasado algo a Dylan, pero pronto comprobó aliviada que se trataba de Cara.

–Siento no haberte llamado antes –le dijo esta–. Me ponías en tu mensaje que tenías noticias.

–Sí. ¿A que no adivinas dónde estoy?

–Supongo que no estás en California.

–No, estoy en Washington.

–¿De verdad? –gritó Cara emocionada.

A Rowena le alegró ver que no había cambiado desde que la conocía.

–Estamos en el Four Seasons.

–¿Estamos? ¿Dylan y tú?

–Umm… no.

–¿Y tampoco el senador y tú?

–No, tampoco.

Rowena no le había dicho nada de Colin la última vez que habían hablado porque no le había parecido que mereciese la pena.

Hubo un silencio y después Cara le preguntó:

–¿No estarás con un hombre?

–Tal vez.

–¡Oh, Dios mío! Qué bien. ¿Me puedes decir quién es? ¿Dónde lo has conocido? ¿Cómo es?

Rowena se echó a reír.

–¿Qué tal si quedamos y te lo cuento mañana? Dado que estoy aquí, voy a ir al almacén en el que tengo mis cosas a buscar ese anuario.

–Estupendo. ¿Qué tal si quedamos a comer temprano? Te invito yo.

–Espera un momento.

Rowena tapó el teléfono y le preguntó a Colin:

–¿A qué hora es tu reunión de mañana? Estaba pensando en comer con una amiga.

–A las diez, pero no sé cuánto va a durar.

–Podrías reunirte con nosotras cuando termine.

¿Para qué quería tener un hombre rico y guapo en su vida si no podía enseñárselo a nadie?

–Me parece bien.

Rowena volvió a hablar con Cara.

–¿Quedamos a las once?

–Perfecto.

Quedaron en un pequeño restaurante que había en la misma calle del hotel.

–Hazme un favor –le pidió Rowena a su amiga antes de colgar–. No se lo cuentes a nadie. Sobre todo, a mi padre.

–¿Por qué?

–Mañana te lo explicaré.

Colgó y fue a sentarse con Colin al sofá mientras esperaban la cena. Se acurrucó a su lado y aceptó la copa de sidra que este le ofrecía. No recordaba la última vez que se había sentido tan mimada.

–Háblame del padre de Dylan –le dijo él.

Eso la sorprendió.

–¿Por qué?

Él se encogió de hombros.

–Solo por curiosidad.

–No me gusta hablar de ello. Los pocos meses que estuve con él fueron los peores de mi vida.

–¿Dylan no lo ve nunca?

Rowena negó con la cabeza.

–No lo conoce.

–¿Por qué?

–Mi padre le pagó una importante cantidad para que renunciase a sus derechos como padre.

–¿Y por qué hizo eso el senador?

–La verdad es que yo casi no conocía a Wiley. Nos conocimos una noche en un bar, estaba borracho y era un perdedor. Un político acabado.

Hizo una pausa antes de continuar.

–Cuando me enteré de que estaba embarazada, no estaba en condiciones para ocuparme del niño. Ni siquiera podía ocuparme de mí misma. Pero me hicieron una ecografía, vi cómo latía su corazón y supe que era una señal. Tenía que cambiar, por él. Cara me ayudó a salir del pozo en el que estaba. Tardé meses en contárselo a mi padre. Ni siquiera sabía dónde estaba Wiley, pero mi padre lo encontró y habló con él.

–¿Y a ti qué te parece que tomase esa decisión?

–Por un lado, odio que Dylan no vaya a conocer a su padre, pero, por otro, Wiley era un perdedor y, de todos modos, era probable que él tampoco quisiera tener una relación con el niño. Creo que fue lo mejor.

–¿Y si un día aparece y dice que ha cambiado y que quiere ver a Dylan?

–Si de verdad hubiese cambiado y si quisiese formar parte de la vida del niño permanentemente, se lo permitiría. Si Dylan quisiese, por supuesto. Siempre tengo que pensar en lo que es mejor para Dylan.

–Y en lo que es mejor para ti –añadió Colin.

–Bueno, en eso todavía estoy trabajando, pero ya llegará.

–¿Qué quieres decir?

–Me voy a marchar de casa de mi padre.

–¿Marcharte?

–Voy a vivir en mi propia casa, a tener otro trabajo. Tenía que haberlo hecho hace mucho tiempo, pero me daba miedo volver a fracasar. Ya no aguanto más. Cuando me enteré de que te había dicho a ti que no te acercases... Decidí que tenía que irme. No me había enterado de todas las ayudas que dan.

–¿Ayudas?

–Me he gastado todos los ahorros en las facturas de hospital de Dylan y ahora es mi padre el que lo paga todo. Cuando intento alejarme de él, me amenaza con cerrar el grifo. Ha llegado a amenazarme con quitarme a Dylan demostrando que no soy una buena madre, por mis adicciones.

–Pero llevas sobria más de tres años. ¿Cómo va a hacer eso?

–Puede intentarlo, aunque he hablado con un abogado que me ha dicho que probablemente no conseguiría quitarme al niño. Lo que sí puede hacer es dejar de pagar las facturas médicas de Dylan. Yo no me las puedo permitir, pero voy a buscar ayuda. Hasta ahora, todo me parecía demasiado difícil. No me sentía lo suficientemente fuerte.

Él le hizo levantar la cabeza para mirarla a los ojos.

–Rowena, tienes que confiar más en ti misma.

–Eso intento. Me da miedo, pero también es emocionante.

Colin se giró hacia ella para mirarla de frente.

–Sé cuál va a ser la respuesta, pero si necesitas cualquier cosa...

–No puedo. Tengo que hacerlo yo sola, pero te lo agradezco de todos modos.

–Si alguna vez necesitas algo, llámame.

Ella le tocó la barbilla y sonrió, y Colin notó una sensación extraña en el pecho. De repente, la necesidad de protegerla y cuidarla era tal que tuvo la sensación de que se mareaba.

Llamaron a la puerta y Colin se levantó del sofá. Le abrió al camarero, le pidió que dejase el carrito con la comida junto a la puerta y le dio una generosa propina.

Al hombre se le iluminó la cara.

–Gracias, señor.

Con un gesto tan sencillo, le había alegrado el día. Deseó poder hacer lo mismo con Rowena, pero entendía que esta no quisiese aceptar su ayuda.

–Vamos a cenar antes de que se enfríe –sugirió esta.

Pero a él se le había quitado el hambre.

En su lugar, la abrazó, la besó y la llevó en volandas hasta el dormitorio. La tumbó en la cama y ella no protestó ni le pidió que la dejase llevar la iniciativa. No intentó dominarlo mientras la desnudaba y la acariciaba. Tampoco dijo ni una sola palabra.

Colin le susurró al oído que era preciosa, le dijo lo mucho que la deseaba y le dio placer, pero no era suficiente. No tenía manera de demostrarle lo especial que era para él.

Se colocó entre sus muslos, clavó los ojos en los suyos y la penetró lentamente. La emoción lo invadió por completo. Piel contra piel, sus cuerpos se movían a un ritmo perfecto. El placer lo sacudió al tiempo que Rowena gritaba y se estremecía, y Colin derramó en ella un líquido caliente que le hacía arder por dentro.

–Gracias –le dijo Rowena casi sin aliento.

Él la besó, le acarició el pelo y la abrazó hasta que se quedó dormida, pero no fue suficiente. Entonces, mientras la veía dormir, se dio cuenta de que esa noche había sido la primera vez de su vida que le había hecho el amor a una mujer.

Pero eso tampoco era suficiente.

Capítulo Trece

A la mañana siguiente, Cara entró en el restaurante a las once y cuarto y Rowena la saludó desde una mesa al fondo del local.

–Siento llegar tarde –dijo Cara, abrazándola–. ¡Cómo me alegro de verte! ¡Estás fantástica!

–Y tú estás radiante.

Cara sonrió y se tocó la mejilla.

–Eso me dice Max.

–Y tiene razón. Estás genial. El embarazo te sienta muy bien.

–También influye el tener un trabajo menos estresante.

Se sentaron y Rowena llamó a la camarera. Pidieron un refresco y una ensalada César, la de Cara con doble ración de pollo.

–Tú también estás radiante –comentó Cara después–. ¿Estás enamorada?

Rowena sonrió. Quería dejar lo mejor para el final.

–Ya llegaremos a eso. Primero, quería enseñarte esto –dijo, sacando el anuario del bolso.

–¡Lo has encontrado!

–He estado dos horas buscándolo. Estaba en la última caja del almacén.

–¿Y le has echado un vistazo ya?

–No he tenido tiempo.

–Bueno, pues vamos a verlo –dijo Cara frotándose las manos.

Abrieron el anuario y pasaron las páginas hasta llegar a la B, pero no encontraron ninguna fotografía de Madeline.

–Pero existía, ¿no? –comentó Cara perpleja–. Quiero decir, que no nos la hemos inventado nosotras.

–No, no, claro que existía.

Cara sonrió de repente.

–Busca en la Z. Donde ponían los nombres de las personas que no tenían fotografía.

Fueron hasta el final y en la lista encontraron el nombre de Madeline Burch.

–¡Vaya por Dios! –comentó Cara–. A lo mejor aparece en otra parte. ¿Hacía algún deporte? ¿Participaba en alguna actividad extraescolar?

–Yo la recuerdo siempre sola, pero podemos echar un vistazo.

Miraron el anuario del principio al final, pero no encontraron ninguna fotografía de Madeline.

Cara suspiró.

–Parece que has venido hasta aquí para nada.

Rowena no estaba de acuerdo. Se alegraba de haber hecho el viaje. Tanto Colin como ella necesitaban pasar tiempo a solas.

–Bueno –añadió Cara–. ¿Cómo se llama?

Ella sonrió, no pudo evitarlo.

–Colin Middlebury.

–¿No será el Colin Middlebury que está intentando que cierto senador apoye el Tratado Tecnológico Internacional?

–No sabía que lo conocieses.

–He oído hablar de él. Sé que es conde y que está forrado. También sé que no es la primera vez que conoces a un hombre así. A un hombre que necesita la ayuda de tu padre.

A Rowena no le gustó oír aquello.

–Colin es diferente –respondió.

–¿Cuánto tiempo hace que estás con él?

–Un par de semanas.

–¿Y crees que lo conoces de verdad?

Las sospechas de Cara hicieron menguar la sensación de felicidad de la noche anterior.

–Sé lo que estás pensando, pero te equivocas. No salimos juntos. Solo nos divertimos.

–Lo siento, cielo. No pretendía herir tus sentimientos. Solo me preocupo por ti. Sé que lo has pasado mal y no quiero que vuelvan a hacerte daño.

–Cuando lo conozcas, te darás cuenta de que es diferente.

–¿Va a venir?

–Debería. Ahora mismo está en una reunión con mi padre.

Aquella información hizo que Cara sospechase más, pero Rowena supo que vería las cosas de otra manera cuando conociese a Colin. Aunque le daba igual lo que pensase su amiga. La próxima vez que la viese, su aventura con él se habría terminado.

Les llevaron las ensaladas y comieron en incómodo silencio durante unos minutos. Entonces el teléfono de Rowena pitó con la llegada de un mensaje. Lo sacó de su bolso para ver de quién era. Era Colin, que le decía que la reunión se estaba alargando y que la vería más tarde en el hotel.

–No puede venir –comentó, volviendo a guardarse el teléfono.

–Rowena, lo siento –le dijo Cara–. Es evidente que te gusta mucho y te he hecho sentir fatal. En realidad, ni siquiera lo conozco, seguro que es tan maravilloso como dices.

Ella agradeció la disculpa, pero Cara ya había sembrado la duda.

Cuando llegó al hotel y vio que Colin todavía no había llegado, Rowena se deprimió aún más.

Sabía que era ridículo. Daba igual lo que Cara pensase porque no conocía a Colin. Tal vez no fuese de los que formaban una familia, pero eso no significaba que fuese una mala persona. Era un soldado, un héroe de guerra. Sin embargo, teniendo en cuenta los hombres con los que había salido, era normal que Cara se preocupase. ¿Cómo iba a confiar en ella?

Aunque tal vez aquello no tuviese nada que ver con Cara. Tal vez el verdadero problema fuese que Rowena no confiaba en sí misma, aunque estaba intentando hacerlo.

***

La reunión con el senador Tate fue lo que Colin había esperado: una mera formalidad. Y, sinceramente, una gran pérdida de tiempo.

Antes de marcharse, el senador le dio una lista de unos cien posibles sospechosos a los que pretendía investigar, por si acaso. En el taxi de vuelta al hotel, Colin se quedó sorprendido al ver que la lista incluía a todo tipo de trabajadores de la cadena ANS. Tendría que tener cuidado, no quería verse involucrado en una caza de brujas.

Al llegar a la habitación del hotel estaba tan sumido en sus pensamientos que casi pisó el sobre que había justo al abrir la puerta. Se detuvo y lo recogió. Estaba cerrado y no había nada escrito en él.

¿Podía ser de Rowena?

Cerró la puerta, se quitó el abrigo y lo dejó en el brazo del sofá.

–Rowena, ¿estás ahí?

Ella salió del dormitorio un segundo después. Iba envuelta en una toalla, con la piel rosada y el pelo mojado.

–Eh, ya has vuelto –le dijo sonriendo.

A Colin se le pasó el estrés y la frustración de esa mañana y se olvidó del sobre. Atravesó la habitación y la abrazó con fuerza.

Ella gimió mientras la besaba y lo abrazó por el cuello.

–Tenemos que tomar un avión –le advirtió enseguida.

–Lo sé –dijo él suspirando y apoyando la frente en la suya. Si no, ya estarían en la cama–. ¿Qué tal tu comida?

–Divertida. ¿Y tu reunión?

–Nada divertida. Más bien, una pérdida de tiempo. Quieren meterme en una investigación del Congreso. Y yo solo he venido por el tratado.

–Pero no apoyarán el tratado si no participas en la investigación.

–Exacto.

–El senador se sale siempre con la suya.

Cada vez era más evidente.

Colin levantó el sobre que tenía en la mano.

–¿Es tuyo?

Rowena negó con la cabeza.

–Estaba en el suelo, delante de la puerta. He pensado que lo habías dejado tú ahí.

–Pues no.

–¿Y no estaba cuándo has llegado?

–Yo no lo he visto.

–¿Es posible que hayan llamado a la puerta, no lo hayas oído, y hayan metido el sobre por debajo?

–Supongo que es posible. A lo mejor, mientras estaba en la ducha. ¿Por qué no lo abres?

Colin abrió el sobre y sacó un CD sin nada escrito en él.

–No sé qué será.

–¿No hay una nota?

Él volvió a mirar en el sobre y negó con la cabeza.

–Nada. A lo mejor lo han dejado debajo de nuestra puerta por error.

–O es algo que alguien quiere que sepas.

–Esas cosas solo ocurren en las películas, ¿no?

–Colin, estamos en Washington. ¿De dónde crees que salen las ideas para esas películas?

–¿Lo ponemos?

Se acercó al armario en el que estaba la televisión y metió el CD en el aparato reproductor. Pronto se dio cuenta de que el destinatario del sobre era él. Era una grabación en la que dos hombres hablaban de contratar a piratas informáticos para grabar llamadas de teléfono e introducirse en ordenadores de determinados familiares y viejos amigos de Eleanor Albert.

En la conversación se mencionaba a la cadena ANS y a su despiadado dueño, Graham Boyle. Aquella era la prueba que Colin necesitaba para poner en marcha una investigación y, cuanto antes lo hiciese, antes le darían luz verde para el tratado.

–Lo que no entiendo es por qué me han hecho llegar esto a mí –comentó.

–Probablemente por tu trabajo en el tratado y tu relación con mi padre.

–Tengo que llevarle este disco inmediatamente –dijo Colin, sacándolo del reproductor y girándose hacia Rowena–. Me parece que voy a tener que retrasar mi vuelo.

Capítulo Catorce

Rowena volvió a California esa tarde, pero Colin no volvió esa noche, sino que tuvo que retrasar el viaje dos días. Y dado que eso le iba a impedir trabajar en el tratado, decidió prolongar su estancia en Los Ángeles una semana más.

Cuando el domingo llamó a Rowena para decirle que su vuelo se había cancelado debido a un temporal que estaba azotando la Costa Este, ella puso la televisión y buscó información en Internet para comprobar que era cierto. Lo odiaba, pero estaba empezando a comportarse como una novia paranoica y posesiva.

Colin consiguió viajar el lunes por la tarde, pero Rowena no se lo creyó hasta que vio la limusina delante de la mansión.

Deseó bajar las escaleras corriendo y lanzarse a sus brazos, pero se obligó a quedarse sentada en el sofá de su habitación y esperar a que Colin dejase sus cosas en la habitación, se cambiase de ropa y pasase a verla.

Intentó controlar los latidos de su corazón y detener el rubor que invadía sus mejillas. Se estaba comportando como una adolescente enamorada.

Un minuto después llamaron con fuerza a la puerta y Rowena se sobresaltó.

Abrió y un segundo después tenía a Colin abrazándola y besándola.

Lo cierto era que no había esperado tanto entusiasmo por su parte.

–Qué bien sabes y qué bien hueles –le dijo este, mordisqueándole el cuello–. Hasta que el coche no ha parado delante de la casa, no me había dado cuenta de lo mucho que te he echado de menos.

–¿De verdad?

Él tomó su rostro con ambas manos.

–No, es mentira. Te he echado de menos desde que te marchaste de Washington.

–Yo también a ti –admitió Rowena–. Me alegro de que te quedes otra semana.

–¿Y si otra semana no es suficiente?

–Supongo que tendrá que serlo.

–¿Y si yo quiero más?

–¿Más? ¿Más qué? –le preguntó ella confundida.

–Más de ti, más de nosotros.

Ella tardó un minuto en hacerle la siguiente pregunta.

–¿Cuánto más?

–Es la primera vez que me ocurre, nunca había querido dar el siguiente paso. De hecho, ni siquiera estoy seguro de cuál tiene que ser el siguiente paso. Solo sé que otra semana no va a ser suficiente.

–¿Me estás diciendo que quieres que salgamos juntos?

–¿Te parece una locura? –le preguntó Colin, como si no supiese qué pensar.

–Una locura no, pero no sé cómo lo vamos a hacer, porque no tienes permiso para salir conmigo. Estoy prohibida, ¿recuerdas? Y hasta que no tengas el apoyo de mi padre para el tratado, no debes arriesgarte. Si empezamos a mostrarnos juntos en público, mi padre se enterará antes o después. ¿Y qué vas a hacer tú? ¿Mudarte a Los Ángeles?

–Podría hacerlo, de manera temporal.

–¿Y luego qué? Me hablaste de un trabajo en seguridad. ¿Dónde sería eso?

–Mi amigo tiene oficinas en Londres y en Nueva York.

–Y los médicos de Dylan están aquí. ¿No te das cuenta de lo complicado que sería?

Y todo, para un par de meses más de sexo, porque después, lo suyo se terminaría.

–¿Entiendes lo que quiero decir? –le preguntó Rowena.

Él suspiró y se sentó en el sofá.

–Tienes razón. Desde el punto de vista logístico, sería una pesadilla.

–Y ocultárselo a Dylan sería todavía más complicado. Ya te tiene mucho cariño. Lo cierto es que no ha parado de hablar de ti en toda la semana.

–¿De verdad?

–¿Estás preparado para asumir semejante responsabilidad?

A juzgar por la expresión de su rostro, no lo estaba.

Rowena se sentó a su lado.

–Por eso no sales con madres solteras. Es demasiado complicado. Mi caso, más que el de la mayoría.

–Ojalá estuviese preparado para hacerlo –comentó él.

–Yo también quiero estar un tiempo sola. Completamente sola. Para sentirme realmente independiente.

–Vas a hacerlo muy bien.

Ella también estaba empezando a pensarlo. Y a pesar de querer ser independiente, también se imaginaba enamorada de Colin. De hecho, era probable que ya estuviese un poco enamorada de él. Otra cosa hubiese sido que Colin la quisiera y estuviese preparado para ser padre, pero no era el caso.

–Se me había olvidado contártelo –le dijo él–. Hoy me ha llamado un tal Hayden Black. Al parecer, es un importante criminalista.

–Me suena el nombre.

–Parece que lo han contratado para investigar a ANS y va a entrevistar a las víctimas del pirateo de Montana, donde crecieron el presidente y su ex. Se ha enterado de que yo estaba interesado en la investigación y me ha preguntado si tengo alguna información.

–¿Y la tienes?

–No, pero el senador le ha dado el CD. En cualquier caso, me alegra tener a un detective profesional en el caso. Espero que así se solucione antes.

–Nosotros también hemos estado muy entretenidos en tu ausencia –le dijo Rowena–. Ya verás.

Le hizo un gesto para que la siguiera y se dirigió a la habitación de Dylan. Había una barrera nueva en la puerta y gracias a la luz que entraba del pasillo, Colin vio que el niño por fin tenía una cama de chico grande: un enorme colchón en el suelo.

–Lo has comprado –comentó en un susurro.

–Tenías que ver lo emocionado que estaba Dylan. Le encanta. En la guardería se pasa todo el día diciendo que ya es grande. Fuimos de compras y le dejé que eligiese las sábanas y el edredón que, por supuesto, son de coches de carreras.

–Entonces, ¿mi idea ha funcionado? –le preguntó Dylan, poniendo el brazo alrededor de sus hombros.

Ella deseó que no tuviese ese tipo de gestos. Eran gestos... de pareja. Y olía tan bien que le daban ganas de comérselo.

–Es la solución perfecta –admitió Rowena–. Dejaré el colchón en el suelo una temporada a ver qué tal, y cuando esté preparado le compraré la cama.

–Hay otra cama, al otro lado del pasillo, que

me gustaría ver –le dijo Colin, dándole un beso en el cuello–. Y no me importaría probarla, ya que estoy aquí.

–¿Cuándo va a volver mi padre a casa?

Él le mordisqueó la oreja.

–Mañana. Además, yo creo que es mejor que salga de aquí a media noche, cuando todo el mundo esté dormido.

Ella se giró y se puso de puntillas para darle un beso, y Colin la miró con deseo mientras la llevaba hacia el dormitorio.

Colin se despertó a la mañana siguiente con la extraña sensación de que alguien lo estaba observando. Abrió los ojos y se sobresaltó al ver a Dylan a escasos centímetros de su rostro, sonriendo.

–¡Hola, Colin!

El reloj marcaba las siete y media. Al parecer, se había quedado dormido.

–Hola, amigo, ¿qué estás haciendo fuera de la cama? ¿Y cómo has salido de tu habitación?

–*Tepando* –respondió el niño con orgullo.

Al parecer, la barrera de la puerta de su habitación no servía para nada.

Colin tocó a Rowena para despertarla.

–Houston, tenemos un problema.

Esta protestó, probablemente porque solo habían dormido cuatro horas, y le apartó la mano.

–Tienes que despertarte.

–Es demasiado pronto –respondió ella.

–Sí, pero tenemos compañía.

Rowena se frotó los ojos y se apoyó en los codos para incorporarse.

–¿Qué compa…?

Vio a su hijo y se sentó de un salto en la cama.

–¡Dylan! ¿Por qué no estás en tu habitación?

–Ha trepado –le explicó Colin.

Y Dylan le dedicó una sonrisa de oreja a oreja.

–¡Soy *gande!*

Rowena respiró hondo y esbozó una sonrisa tensa.

–Por supuesto, cariño. ¿Por qué no vas a encender la televisión mientras mamá termina de despertarse?

–Sí, mamá.

El niño salió de la habitación y Rowena se dejó caer sobre el colchón.

–Maldita sea.

–Lo siento, Rowena. Es culpa mía. Estaba agotado después del viaje y me he quedado dormido. Me siento fatal.

–No podemos seguir así.

–Lo sé. Lo siento.

–A partir de ahora, nos veremos solo en la caseta de la piscina.

–De acuerdo. ¿Estás enfadada conmigo?

–La culpa de esto también es mía. Ahora tengo que levantarme y ocuparme de Dylan, y tú deberías marcharte de aquí.

–Primero, quería preguntarte… Sé que no puedes ser mi pareja el sábado, pero sería divertido fingir que no nos gustamos e intentar pasar así algo de tiempo juntos.

Ella lo miró confundida.

–¿Qué hay el sábado?

–Tu padre celebra una fiesta.

–Ah, sí, lo había olvidado por completo.

–Me tienes que reservar un baile.

–Lo haría si fuese a asistir.

–¿No vas a ir?

–Voy a estar de viaje.

–¿Adónde te vas? –preguntó Colin sorprendido.

–O a lo mejor tengo la gripe.

¿La gripe? Si la acababa de pasar.

–No te entiendo.

–Debido a mi comportamiento en fiestas anteriores, he sido exiliada de manera oficial y permanente de la lista de invitados. Hace tanto tiempo que no hago ninguna aparición pública que seguro que hay gente que piensa que todavía sigo con mis adicciones. A lo mejor hasta se han olvidado de mi existencia. Seguro que esa es la esperanza que tiene el senador.

–¿Qué teme tu padre que hagas en la fiesta?

–Que cuente un chiste verde ante cierta audiencia, o que me tropiece con una alfombra y me rompa un tacón. O que sea demasiado cariñosa en la pista de baile con el hijo de algún embajador. O, mi favorito, que le tire al vicepresidente un Martini doble encima.

–Al parecer, eras el alma de las fiestas.

–Era el vivo ejemplo de cómo no debía uno comportarse en una reunión formal. Y entiendo que mi padre no quiera que asista.

Llamaron a la puerta que daba al salón.

–Debe de ser Betty –dijo Rowena–. Dylan le abrirá.

Colin oyó abrirse la puerta y una voz masculina y profunda que no podía ser de Betty.

–¡Abuelo! ¡Has vuelto! –exclamó Dylan.

Rowena miró a Colin y le dijo:

–Escóndete.

Capítulo Quince

–¿Dónde? –preguntó Colin en un susurro.

–Me da igual –respondió Rowena, saliendo de la cama y poniéndose la bata–. En el baño, debajo de la cama. Donde sea.

Salió y cerró la puerta de su dormitorio. No pensaba que su padre fuese a entrar, pero no quería correr ningún riesgo.

Este estaba sentado en el sofá, con Dylan en su regazo. El niño le estaba contando algo.

–Buenos días –lo saludó ella, forzando un bostezo–. Me había parecido oír la puerta.

–Dylan me estaba enseñando su pupa. Parece que se está curando bien. Fue una suerte que Colin estuviese allí para ayudaros.

–Sí, ¿verdad? –le dijo ella a Dylan, poniéndose todavía más nerviosa al darse cuenta de que el niño podía contarle a su abuelo que Colin estaba allí.

–Colin mi papá.

–¿Tu papá? –repitió el senador mirando a Rowena.

–Dylan –dijo esta en tono tranquilo–. Ya hemos hablado de ello. Que te curase la pupa no significa que sea tu papá.

–*Dueme* aquí.

Rowena se maldijo. Intentó pensar rápidamente.

–Sí, cariño, duerme en casa del abuelo porque están trabajando juntos, ¿recuerdas?

Y antes de que a Dylan le diese tiempo a contestar, añadió:

–¿Por qué no vas a lavarte los dientes y a hacer la cama? Después mamá te dará un baño.

–Sí, mamá –dijo el niño, dándole un beso a su abuelo antes de dirigirse a su habitación.

–Veo que te has quedado dormida –le recriminó su padre.

–Solo son las siete y media.

–¿No te parece que Dylan es un poco pequeño para estar rondando por ahí él solo?

–¿Rondando por ahí?

–Ya sabes lo que quiero decir. ¿Y si tiene un accidente?

Rowena estaba tan harta de darle explicaciones a su padre que le replicó:

–Se ha despertado hace solo cinco minutos y yo me estaba poniendo la bata cuando tú has llegado.

–Quiero que nos reunamos esta semana para hablar del menú de la guardería.

–¿Hablar de qué?

–Me gustaría que el menú fuese más sano. Este año hay elecciones y no quiero que salga ningún padre diciendo que la comida que damos a sus hijos no es buena.

–Te propuse utilizar productos orgánicos, pero me dijiste que eran demasiado caros.

–En ese caso, tendrás que ajustar el presupuesto en otras partidas. Le diré a Margaret que te llame para concertar una reunión.

–De acuerdo.

Después de criticarla un poco más como madre diciéndole, por ejemplo, que si no enseñaba a Dylan a recoger los juguetes el niño nunca aprendería y se convertiría en un malcriado, su padre se marchó. Y Rowena se preguntó por qué sus conversaciones la dejaban siempre emocionalmente agotada.

–Qué fuerte.

Rowena se giró y vio a Colin saliendo de su habitación solo con los pantalones puestos.

–¿Qué fuerte el qué?

–¿Siempre te habla así? ¿En ese tono?

–En público me habla de otra manera, ¿verdad?

–Te trata como si fueses una niña. ¿Por qué no le dices que te deje en paz?

–Ya te he contado que es mi dueño.

–Si no me equivoco, la esclavitud se abolió hace tiempo, creo que en 1864.

–En 1865, para ser exactos, pero mi padre es senador. Va por libre.

–Quiero que hagas algo –le dijo Colin–. Necesito que lo hagas.

–¿El qué?

Colin le dijo lo que quería que hiciera y ella se echó a reír.

–¿Por qué iba a hacer eso?

–Porque todo el mundo tiene que rebelarse de vez en cuando. Y porque sería divertido –le dijo él sonriendo–. Y porque el senador me ha fastidiado y quiero que se fastidie él también.

–¿No te parece que sería un poco inmaduro por nuestra parte?

–Tampoco pasa nada por ser inmaduro alguna vez.

Rowena estaba de acuerdo en que sería divertido. Además, a ella también le apetecía enfadar un poco a su padre.

–De acuerdo –le dijo a Colin–. Hagámoslo.

El sábado por la noche, a las ocho y media, Rowena se puso delante del espejo y estudió su imagen. Se había maquillado y recogido el pelo en un moño y se había puesto un vestido negro que llegaba hasta el suelo y que nunca pasaba de moda.

Se había pintado las uñas de los pies y se había puesto unos tacones que ya la estaban matando, pero el resultado no estaba nada mal.

Lo cierto era que estaba guapa y muy sexy. Casi no se acordaba de la última vez que se había puesto aquel vestido, ni de cuándo se había arreglado tanto. Había cambiado mucho desde entonces.

Se retocó el pintalabios por última vez, respiró hondo para tranquilizarse, tomó su bolso y salió a la zona de estar de su habitación, donde Betty estaba viendo la televisión.

–¿Qué te parece? –le preguntó.

Betty se giró y se quedó boquiabierta al verla.

–¡Dios santo! Rowena, estás increíble. Pareces una princesa.

–¿De verdad?

–Nunca te había visto tan guapa. ¿Estás segura de que quieres hacerlo?

–Colin tiene razón. Necesito hacerlo. Necesito empezar a reivindicar mi independencia o voy a volverme loca. Estoy cansada de aguantar. He estado pensando en cómo reaccionó Colin al oír cómo me habla mi padre. Se quedó horrorizado. Así que he intentado verlo yo también desde su perspectiva, desde un punto de vista más objetivo.

–¿Y qué te ha parecido?

–Que me trata con condescendencia, sin respeto. Soy su hija y sé que en el fondo me quiere, pero he llegado a la conclusión de que no le gusta cómo soy. Pero, ¿sabes qué? Él tampoco me gusta a mí.

–No es un hombre que agrade a todo el mundo –comentó Betty poniéndose en pie y tomando el rostro de Rowena con ambas manos–. Tú, sin embargo, eres dulce, buena y generosa, y más fuerte de lo que piensas.

Rowena se mordió el labio inferior.

–Si sigues diciéndome esas cosas, voy a ponerme a llorar y se me va a estropear el maquillaje.

Betty le dio un beso en la mejilla.

–Te quiero, cariño. Diviértete en la fiesta.

–Lo intentaré.

Rowena salió de su habitación temblando de los nervios y bajó las escaleras con cuidado. Hacía años que no se ponía tacones y no quería hacer su entrada triunfal cayéndose por las escaleras. Mientras bajaba, buscó a Colin con la mirada, pero no lo encontró.

–¡Rowena! –exclamó alguien justo cuando llegaba a la entrada. Levantó la vista y vio que era un viejo amigo de su padre.

–Congresista Richards, hola –le dijo, ofreciéndole una mejilla para que la besara–. Me alegro de verte.

–Estás preciosa. Debe de ser el sol de California, que te sienta muy bien.

–Debe de ser.

–Tu padre nos había dicho que no te encontrabas bien.

–Ya estoy mucho mejor.

–¿Te acuerdas de mi esposa, Carole? –le dijo.

–Por supuesto –respondió Rowena, dando dos besos a una mujer que nunca le había caído bien–. Me alegro de verte.

–Rowena, ¡estás increíble! –dijo la otra mujer–. ¿Qué tal tu maravilloso hijo? ¡Debe de estar ya muy grande!

–Está muy bien, gracias. Ya tiene dos años y medio.

–Crecen tan rápido... Ven, ¿te acuerdas de mi

amiga Susie? –dijo Carole, tomándola del brazo para presentarla.

Durante el siguiente cuarto de hora, Rowena fue saludando a unos y a otros. Unos conocidos y otros no. Y lo raro fue que todo el mundo parecía alegrarse de verla. Y que ella se sintió bien, aunque la única persona a la que tenía ganas de ver no estaba allí.

La entrada y el salón estaban llenos de simpatizantes del senador. Políticos, actores, productores, músicos, la realeza californiana. Todos guapos y muy arreglados.

Los camareros empezaron a circular con bandejas llenas de exquisitos aperitivos y caro champán. Los invitados se acercaron a las dos barras situadas a ambos extremos del salón, donde seguro que solo se servían los mejores licores.

El senador no reparaba en gastos. Después de una fiesta así, obtendría millones de dólares para su campaña.

–Hola, preciosa –dijo alguien detrás de ella.

Rowena se giró y vio a Colin vestido de esmoquin y recién afeitado.

–Señor Middlebury –lo saludó en tono educado, ofreciéndole la mano–. Está usted muy guapo.

Él tomó su mano y le dio un beso en ella.

–Y tú estás increíble.

De repente, algo cambió en el ambiente y Rowena supo, sin verlo, que su padre se estaba acercando a ella.

Respiró hondo y se preparó.

–Rowena, cariño, ¿qué estás haciendo aquí?

Ella se giró a mirarlo. Su voz era cariñosa, pero la estaba fulminando con la mirada.

–Hola, papá –respondió ella en el mismo tono–. No podía soportar la idea de perderme otra de tus fiestas.

Él le dio un beso en la mejilla y luego la agarró del brazo con fuerza, como advirtiéndole que no hiciese tonterías.

–Rowena, cariño, deberías estar en la cama.

–La verdad es que me encuentro bien –le respondió, zafándose de él sin dejar de sonreír.

–Le estaba diciendo a tu hija que esta noche está preciosa –comentó Colin.

–¿Qué pasa, que el resto de los días estoy fea? –preguntó ella.

–Rowena... –la reprendió el senador.

Colin se echó a reír.

–No pasa nada, senador. Es solo un juego. Yo la piropeo y ella me rechaza. Es muy entretenido.

Ella lo fulminó con la mirada.

–¿Te gustaría bailar, Rowena? –le preguntó Colin.

Y antes de que le diese tiempo a responder, habló su padre:

–Por supuesto que sí.

Rowena estaba segura de que lo había dicho porque pensaba que ella no quería bailar. Era otra manera más de ponerla en su sitio, de demostrarle quién mandaba allí.

Colin le tendió el brazo.

–¿Vamos?

Ella dudó antes de agarrarlo cuando, en realidad, estaba deseando tocarlo, que la abrazase. Llevaba todo el día esperando aquello.

Colin la acompañó a la pista de baile y ella intentó fingir que estaba incómoda a su lado, cuando en realidad estaba deseando pegarse contra su cuerpo, abrazarlo por el cuello y besarlo.

–Lo estás haciendo muy bien –le dijo él al oído–. Hasta yo estoy convencido de que me odias.

–Lo siento.

–Eres muy buena fingiendo.

–Eso me da miedo. No quiero ser como él.

–No eres como él. Lo importante ahora es cómo te sientes. ¿Te estás divirtiendo? ¿Estás contenta?

–La verdad es que sí.

–En ese caso, todo lo demás da igual. Tienes el brazo rojo. Tu padre te ha hecho daño.

–Tengo la piel sensible.

–Es un bruto.

–Eso es verdad. A lo mejor la próxima vez le tiro la copa a la cara.

–Tú no bebes.

–Y con un refresco el efecto no sería el mismo, ¿no?

Rowena miró a Colin y no pudo evitar sonreír.

–Haces que me sienta bien –añadió.

Él arqueó una ceja.

–Conmigo misma –añadió Rowena.

–Eres una mujer extraordinaria. Yo lo sé y tus amigos lo saben. El único que no se da cuenta es tu padre.

Rowena pensó que tal vez llevase demasiado tiempo haciendo caso a su padre.

–¿Crees que alguien se daría cuenta si te mordiese la oreja? –le preguntó él–. ¿O si te tocase el trasero?

–Es probable, pero sé de un lugar donde no nos vería nadie.

Colin la miró con interés.

–Esas puertas del fondo dan a la terraza. Hay un rincón oscuro a la derecha, detrás de un macetero enorme. ¿Nos vemos allí en cinco minutos?

–Por supuesto.

Capítulo Dieciséis

Al separarse, Rowena se despidió de Colin de manera fría, como si se alegrase de no tener que bailar más con él. Este no sabía si el senador los estaba observando, pero ella siguió con la farsa. También se fijó en que los hombres la miraban con deseo y, las mujeres, con envidia. Rowena tenía la autoestima por los suelos, pero esa noche él se había dado cuenta de que eso tenía solución. Quería ayudarla, quería ser el hombre que estuviese ahí durante lo que sería un viaje largo y doloroso, pero sabía que Rowena se merecía algo mejor.

Se sintió tentado a poner al senador en su sitio, aunque después no consiguiese su apoyo en el tratado, pero no podía fallarle a su familia.

Se acercó a la barra y pidió un refresco. Se había prometido no beber alcohol mientras saliese con Rowena, por respeto a ella.

Tiró del cuello de su camisa, como si tuviese calor, y salió a la terraza. El aire era frío, así que había poca gente fuera. Se acercó a la barandilla y vio el jardín a sus pies. La guardería estaba colina abajo, y la parte trasera de la caseta de la piscina, a la derecha. Anduvo hacia la derecha hasta llegar al macetero del que Rowena le había hablado, pero estaba tan oscuro que no supo si ella estaba ya allí o no. Entonces una mano lo agarró del brazo y tiró de él.

–¿Te ha visto alguien? –preguntó Rowena.

–Creo que no –respondió él.

–Bien.

Colin no podía verle la expresión, pero sabía que estaba sonriendo. Notó que lo abrazaba por el cuello y un segundo después lo estaba besando.

Él dejó el vaso en la barandilla y la levantó en volandas. Dado que su padre estaba en la casa esa noche, no podrían estar mucho tiempo a solas, pero ya se le ocurriría algo.

–Tal vez no debiera mencionarlo –murmuró ella contra sus labios–, pero no me he puesto bragas.

Él gimió y le agarró el trasero con fuerza. Era evidente que tenían que encontrar algún sitio en el que esconderse.

–¿Interrumpo algo? –preguntó alguien detrás de ellos, haciendo que se separasen.

Era el senador.

Colin juró entre dientes.

–Sí que interrumpes –respondió Rowena–. Márchate.

–Otra vez, no, Rowena –le advirtió su padre con desdén.

Colin decidió salir a la luz.

–Senador –empezó, sabiendo que aquello había sido idea suya, no de Rowena–, permita que le explique...

–Has tenido que irte de la lengua –le dijo Rowena a Colin–. Todos los británicos sois iguales. Mucho hablar y poco actuar.

–¿Rowena? –dijo él sorprendido.

–No mereces la pena.

Rowena intentó marcharse, pero su padre la agarró por la muñeca.

–¿No pensarías que iba a permitir que te quedases en la fiesta sin ponerte vigilancia? –le dijo.

Colin se maldijo en silencio por no haber pensado en eso.

–La verdad es que no me sorprende tu comportamiento –añadió el senador.

–Supongo que gano puntos por ser coherente –replicó ella.

Tomó el vaso que había en la barandilla e intentó marcharse, pero entonces puso gesto de dolor y Colin supo que su padre le estaba haciendo daño en el brazo.

–¿Debo esperar otro nieto ilegítimo? –preguntó este.

Colin se enfadó todavía más al oír aquello. Estaba a punto de enfrentarse al gran senador Tate cuando Rowena, muy tranquila, le tiró el refresco a la cara.

El senador sacó un pañuelo del bolsillo y se limpió mientras juraba entre dientes y se giraba a comprobar si había algún testigo de semejante humillación. Por desgracia, no lo había.

Rowena se alejó y antes de salir de la terraza comentó:

–Por si no lo has entendido, eso era un no.

Cuando se hubo marchado, el senador se giró hacia Colin.

–Siento que hayas tenido que presenciar esto. Como has visto, mi hija está completamente fuera de control.

–Senador, yo…

–No tienes que disculparte. No es culpa tuya. Es una manipuladora.

Colin se dio cuenta de lo que había hecho Rowena, apartar la atención de él y hacer que recayese toda sobre ella para que el senador no lo culpase y no retirase su apoyo al tratado.

–Senador, tenemos que hablar…

–Mañana, hijo –le dijo el senador, dándole una palmada en el hombro como si fuesen amigos.

A Colin le repugnó que lo llamase hijo.

–Tengo invitados –continuó el senador–, y tengo que subir a cambiarme. Hablaremos mañana. Tengo buenas noticias con respecto a la investigación.

Era increíble la rapidez con la que aquel hombre podía cambiar de tema. Y cómo era capaz de ignorar su mal comportamiento y echarle a Rowena la culpa de todo.

Él sí que era un maestro de la manipulación, y Colin no lo aguantaba más.

Subió rápidamente a la habitación de Rowena y llamó a la puerta. Fue Betty quien contestó.

–Hola, Colin, ¿qué tal la fiesta? ¿No lo sabía?

–¿Dónde está Rowena?

–Abajo –le respondió Betty sorprendida–. ¿No?

–No sé dónde está. Pensé que habría venido aquí.

–¿Ha ocurrido algo?

–Ha tenido un pequeño desacuerdo con su padre.

Betty se llevó una mano al corazón.

–Oh, no.

–Su padre la ha criticado y ella le ha tirado un refresco a la cara.

Betty abrió mucho los ojos.

–Oh, no. ¿Cómo ha hecho algo así? Aunque la verdad es que siento habérmelo perdido.

–El senador nos ha sorprendido en una situación comprometida y ella se ha ofrecido como chivo expiatorio. Después se ha marchado, y yo he pensado que estaría aquí.

–No sé dónde puede estar. Tal vez deberías intentar llamarla al móvil.

–Buena idea.

Colin sacó su teléfono y la llamó, pero saltó el contestador. Un minuto después, recibió un mensaje de texto que decía: *Por favor, dile a B que se quede con D esta noche. Gracias, R.*

–Quiere que te quedes con Dylan esta noche –le dijo Colin a Betty.

–Por supuesto –respondió esta.

Después, Colin respondió al mensaje: *B dice que OK. ¿Dónde estás? Hablamos mañana.*

Y envió otro mensaje más preguntándole cómo estaba, pero Rowena no respondió. Necesitaba hablar con ella y decirle que no necesitaba que lo protegiese. Todo aquel lío era culpa suya. Él la había convencido para que fuese a la fiesta y enfadase al senador.

–Me voy a dormir –le dijo a Betty–. Si tienes noticias de Rowena, llámame inmediatamente. Dejaré mi número en la nevera.

Betty asintió; parecía agotada.

–Lo haré.

Colin volvió a su habitación, desde donde se oía el ruido de la fiesta. El senador estaba allí, divirtiéndose con sus amigos como si no hubiese pasado nada.

Consiguió dormirse más tarde de la una y el teléfono lo despertó a las ocho de la mañana. Deseó que fuese Rowena, pero era su padre.

–Parece que vamos a tener que volver a Washington y terminar nuestro trabajo en el tratado allí.

–¿Por qué?

–Obligaciones. Quiero que vueles hoy y te reúnas con el comité mañana a primera hora.

¿Obligaciones? No podía ser más claro. Colin sabía lo que estaba haciendo el senador. Quería separarlo de Rowena.

–Buscaré un billete de avión.

–Ya te lo he comprado yo. Dentro de una hora

pasará un coche a buscarte. Te envío también a alguien para que te ayude a hacer las maletas.

–Estaré preparado –le dijo al senador.

Colgó y fue directo a la habitación de Rowena. Por el camino, se cruzó con Betty en el pasillo.

–¿Ha vuelto?

–Lo siento, pero se ha ido. Solo ha pasado unos minutos, a recoger algo de ropa y la medicación del niño, y se han ido.

–¿Ha dicho adónde iba?

–Solo que iba a casa de una amiga.

–¿Qué amiga?

–Lo siento, pero no lo sé –le dijo Betty, encogiéndose de hombros.

Colin tuvo la sensación de que le estaba mintiendo, pero no podía obligarla a decirle la verdad. Volvió a su habitación y estaba haciendo la maleta cuando le llegó un correo electrónico de Rowena al teléfono.

Colin, siento lo ocurrido anoche, y sé que es probable que no entiendas por qué hice lo que hice, pero tenía que hacerlo. Y tengo que reconocer que tirarle a mi padre el refresco a la cara resultó muy terapéutico. Más productivo que un año de psicoanálisis. Solo quiero que sepas que no me arrepiento.

También quería darte las gracias. Si no hubiese sido por ti, no habría tenido el valor de hacer lo que hice. Siempre te estaré agradecida. No obstante, creo que este es el final de lo nuestro. Ambos sabemos que era inevitable, pero lo he pasado muy bien estas últimas semanas y te echaré de menos. Dylan también. Gracias por haber sido tan importante en nuestras vidas, y por haberme ayudado a encontrar la valentía para seguir con la mía. Con cariño,

Row

Colin tiró el teléfono encima de la mesa.

¿Con cariño?

Lo dejaba por correo electrónico y se despedía de él «con cariño».

Tal vez tuviese razón. Tal vez aquel fuese el mejor momento para terminar con lo suyo. Tal vez Rowena tuviese la fuerza necesaria para empezar una nueva vida, conocer a gente, hacer amigos. Conocer a un hombre que le diese todo lo que él no le podía dar.

Pero, ¿y si podía dárselo? ¿Y si podía ser ese hombre? ¿Y si estaba preparado?

Tenía mucho en que pensar.

Capítulo Diecisiete

Rowena estaba en la habitación de Dylan el lunes por la mañana, recogiendo sus juguetes, cuando oyó que se abría la puerta. Pensó que sería Tricia con más cajas, pero en el reflejo del espejo vio a su padre.

–¿Por qué no estás en el trabajo? –inquirió este.

«Hola, padre, yo también me alegro de verte».

Entonces el senador vio las cajas.

–¿Qué es esto? –preguntó–. ¿Qué crees que estás haciendo?

–Las maletas.

–¿Para qué?

–Dylan y yo nos vamos a otra parte.

–De eso nada.

–Sí. Estoy harta de vivir bajo tu yugo y de que me trates como si fuese basura. Necesito responsabilizarme de mí misma y de mi hijo.

–¿Y cómo piensas hacerlo? –replicó él–. ¿De qué vas a vivir?

–Me han dado un trabajo de directora en una guardería. No pagan mucho, y no tengo mucho dinero ahorrado, así que me voy a ir a vivir a casa de Tricia hasta que haya ahorrado algo. Con respecto a las facturas médicas de Dylan, pediré una ayuda.

–Mi hija no va a pedir ninguna ayuda –rugió el senador–. Te lo prohíbo.

–No puedes hacerlo. Ya no eres mi dueño. Aquí era una prisionera, pero ahora soy libre. Voy a retomar el control de mi vida.

–No tienes ni idea de cómo hacerlo.

–Soy más inteligente y capaz de lo que piensas.

–Dylan y tú me necesitáis.

–No mientras nos tengamos el uno al otro y tengamos amigos como Tricia.

–No puedes criar a ese niño sola. Yo me ocuparé de que te lo quiten.

–La abogada que he contratado no piensa lo mismo. Bueno, no la he contratado porque ha accedido a representarme de manera gratuita. Pero pide la custodia si quieres. La última vez que hablé con mi abogada ya estaba redactando su primera declaración a la prensa.

Su padre la miró casi con aprensión.

–No eres el único que tiene amigos –comentó Rowena.

–Hablaremos cuando vuelva de Washington –le dijo él.

–Dylan y yo ya no estaremos aquí. Ni siquiera sé si volverás a verlo. Al menos, hasta que cambies.

–¿Qué? –inquirió él, indignado–. Soy su abuelo. No puedes evitar que lo vea.

–Soy su madre y puedo criarlo como quiera. Y no pienso que tú seas una buena influencia. Quiero que aprenda a respetar a las mujeres y no lo hará si ve que tú me tratas sin respeto.

–Está bien –dijo su padre–. Tú ganas. ¿Qué es lo que quieres?

–Nada. No quiero nada.

–Todo el mundo tiene un precio. ¿No quieres una asignación más grande? ¿Tu propia casa? ¿Tarjetas de crédito sin límite? Dime qué quieres y deja ya este ridículo juego.

–No quiero nada tuyo. Prefiero vivir en una caja de cartón y comer basura antes que aceptar otro céntimo tuyo –le respondió ella.

Su padre se quedó sin habla.

–¿A que fastidia? –dijo Rowena–. Sentir que no tienes el control. Así llevo yo más de tres años.

–¿Es una venganza? ¿es que quieres hacerme sufrir?

–Si sufres es porque te lo mereces. Yo he cometido muchos errores, pero he pedido perdón y he hecho las paces conmigo misma. Supongo que tú nunca has pedido perdón, ni siquiera te habrás sentido culpable. Y si no haces las paces con las personas a las que has hecho daño, vas a terminar muy solo. Y aunque yo debería odiarte la verdad es que me das pena.

–Volverás –le dijo su padre, pero estaba pálido y no parecía muy convencido.

–Créelo si eso te hace sentir mejor –le respondió ella–, pero no digas que no te lo advertí.

Antes de que llegase a la puerta, su padre la llamó.

–Rowena, espera.

Ella se giró a mirarlo.

–No lo entiendes. Siempre has sido muy independiente, como tu madre.

–Y tú siempre me has dejado claro que eso era malo.

–Yo la quería, pero no fue suficiente. Se marchó de todos modos. Cuando tú empezaste a ser tan rebelde, me dio miedo que me llamase la policía, o de un hospital, y me dijesen que te había pasado algo, o que estabas muerta. Entonces volviste a mí, con Dylan... No quería perderte otra vez.

–Me estás asfixiando.

–No sabía cómo hacerlo.

–Pues piénsalo y, cuando sepas cómo hacerlo, vuelve a verme.

–Si te prometo que voy a cambiar...

–Necesito estar sola un tiempo, solo para demostrarme a mí misma que puedo hacerlo.

–Si necesitas algo...

–No te llamaré. Me las arreglaré sola.

Dos días después, Colin estaba en Washington, trabajando con uno de los abogados del senador en la redacción del tratado cuando lo llamó su hermana. A juzgar por su tono de voz, algo iba mal.

–Es mamá –le confirmó ella con voz llorosa–.

Tuvo un ataque anoche. Está en coma y los médicos piensan que no durará más de un día o dos.

Colin juró en silencio.

–Iré lo antes posible.

Le explicó la situación al abogado del senador y, de camino al hotel para hacer la maleta, alquiló un avión privado para volver a Londres.

El vuelo fue largo y aburrido, y Colin tuvo demasiado tiempo para pensar. Acerca de Rowena y Dylan, y de lo triste que se había sentido desde que ella se había marchado. Nunca había deseado ni necesitado a una mujer como a Rowena. Sentía ganas de llamarla muchas veces al día, pero no lo hacía porque sabía que ella quería empezar una vida nueva y aprender a ser independiente. No iba a llamarla hasta que estuviese seguro de lo que quería.

Al llegar a Londres su madre seguía en coma. Cuando entró en su habitación y la vio tan mayor y frágil, intentó emocionarse, sentir que estaba perdiendo a su madre, pero no pudo. No le gustó que se estuviese muriendo, sobre todo por Matty, que ya no tendría a quién cuidar, pero no sintió que estuviese perdiendo a una persona importante en su vida.

Lo que hizo que echase todavía más de menos a Rowena. No obstante, se quedó allí, acompañando a su hermana, hasta que su madre los dejó del todo.

El día después del funeral, Matty y él dieron

un paseo por el parque que había frente al piso de su hermana.

–Tengo que marcharme –le dijo él.

–¿Por qué? –le preguntó Matty.

Colin la vio tan triste, sola y mayor que se le rompió el corazón. Y entonces se dio cuenta de que no quería terminar como ella.

–Porque todavía tengo trabajo en Washington.

–¿No lo puede hacer otra persona? ¿Por qué no te quedas en Londres conmigo? ¿Qué voy a hacer, si ya no tengo que ocuparme de mamá?

Colin pensó que su hermana no lo necesitaba a él. Lo que necesitaba era tener su propia vida.

–¿Sabes que si salieses de vez en cuando a lo mejor conocías a alguien?

Ella negó la cabeza y rio con nerviosismo, como si la idea fuese ridícula.

–Soy demasiado vieja para eso.

–No eres tan mayor. Y sé que da miedo, pero solo tienes que intentarlo, Matty.

–¿Cuándo vas a volver a casa?

Para ella, su casa era Londres. Él, por su parte, había pasado los diez últimos años viajando de un lado a otro.

Aquella era la primera vez en su vida que pensaba en la posibilidad de asentarse. Y cuando lo hacía, pensaba en Rowena. Entonces se dio cuenta de que, para él, su casa no era un lugar, sino ella.

–Ha habido un pequeño cambio de planes –le

anunció a Matty–. Voy a quedarme en Estados Unidos.

Ella dio un grito ahogado y se llevó la mano al corazón.

–¿Ha ocurrido algo?

–Sí y no. Estoy enamorado –dijo sin pensarlo.

–¿De una estadounidense?

–Sí. Vive en California.

–¿Quién es?

–La hija del senador, Rowena.

Otro grito ahogado.

–Pero… Colin… casi no la conoces.

–No espero que lo entiendas. De hecho, ni siquiera yo sé cómo ha ocurrido, pero espero que te alegres por mí.

–Por supuesto que me alegro. Es solo que… Bueno, no ha pasado mucho tiempo desde el accidente. Todavía te estás recuperando. ¿Lo has pensado bien?

En otras palabras, que su hermana no se alegraba por él. Y que quería tenerlo solo para ella. Pero Colin no podía sacrificar su vida solo para llenar el vacío que había en la de su hermana.

–Lo he pensado bien, y es lo que quiero.

–Entonces, ¿va en serio?

–Tan en serio que pienso casarme con ella.

–¿Cuándo? –preguntó Matty.

–Pronto.

Antes tenía que encontrarla.

–¿Y ella está de acuerdo? ¿Y si se lo pides y te dice que no?

–Entonces, volveré a pedírselo. Una y otra vez, hasta que me diga que sí.

–Siempre fuiste muy testarudo. Y supongo que esa mujer no tiene ni una gota de sangre real en sus venas.

Colin se echó a reír.

–Ni una, que yo sepa.

–Bueno, pero si te casas con ella, podríais venir a vivir aquí, a Londres, ¿no?

–Tiene un hijo –respondió él, explicándole los problemas de Dylan–, pero estoy seguro de que a Rowena no le importará venir a visitarte varias veces al año. Y tú también podrás venir a California.

–Ya sabes que me da miedo volar.

–Matty, ya hemos hablado de eso antes. Tienes que hacer un esfuerzo tú también.

Ella suspiró.

–Lo sé. Lo siento, es que soy vieja y me es difícil cambiar.

–Cuarenta y ocho años no es ser vieja –le dijo él–. Sé que es difícil de entender, pero, por favor, intenta alegrarte por mí.

Cuando volvieron a casa de Matty, Colin llamó por teléfono a Hayden Black, el detective que estaba investigando los casos de piratería. Si quería hablar con Rowena, antes tenía que encontrarla.

Capítulo Dieciocho

Era sábado por la mañana y Dylan estaba viendo los dibujos animados en el pequeño salón de Tricia mientras Rowena, todavía en pijama, preparaba unos huevos revueltos en la cocina. Tricia estaba sentada a la mesa, tomándose un café y leyendo el periódico. Y a pesar de no estar viéndola, Rowena sabía que su amiga tenía la vista puesta en ella.

–Deja de mirarme.

–¿Cómo lo haces? –comentó Tricia–. Da miedo.

Rowena la miró por encima del hombro.

–Cuando das a luz, te salen ojos en el cogote.

–Puaj, qué asco.

Rowena sirvió los huevos en tres platos y añadió el beicon y las tostadas que se estaban calentando en el horno.

–Dylan, a desayunar.

El niño corrió hacia la mesa y ella no se molestó en reprenderlo. Tenía que dejarle que fuese un niño.

Se sentaron a comer, pero Rowena no tenía hambre últimamente.

–No hace falta que prepares semejantes manjares –comentó Tricia.

–¿Beicon con huevos?

–Yo suelo tomar cereales con leche fría.

–No pasa nada. Me gusta cocinar.

Había muchas cosas que le gustaba hacer, cosas normales, del día a día, que no había hecho hasta entonces. Después de hablar con su padre, también había empezado a comprenderlo un poco. Había tenido miedo a perderla.

Por eso mismo le había advertido a Colin que no se acercase a ella, porque le había asustado la idea de que se la llevase a Inglaterra.

Pero cuanto más cerca había querido tenerla su padre, más la había alejado de él.

–¡Ya, mami! –exclamó Dylan, enseñándole el plato vacío.

–Ve a vestirte y a hacer la cama –le dijo ella.

–¿Ahora te llama mami? –preguntó Tricia.

–Lo lleva haciendo desde que nos marchamos de casa de mi padre. Creo que lo ha copiado de Colin.

–¿Crees que le echa de menos?

–Habla de él. A lo mejor llamarme así le recuerda a él.

–Tú también lo echas de menos –comentó Tricia–. Anoche te oí llorar. ¿Por qué no lo llamas?

–No puedo. Si quiere hablar conmigo, que me llame él.

–Pero fuiste tú la que lo dejó. Debe de pensar que no quieres que te llame.

–No puedes dejar a alguien con quien no has estado.

Por mucho que lo quisiera, no podía rebajarse a ir detrás de él. No podía rogarle que la amase.

–Voy a llevar a Dylan al parque –dijo Rowena poniéndose en pie–. ¿Quieres venir?

–No puedo. Tengo que trabajar.

Tricia había ocupado el puesto de Rowena como directora de la guardería del senador y se había apuntado a la universidad por las tardes para estudiar Magisterio.

A Rowena le encantaba su trabajo nuevo y Dylan estaba haciendo muchos amigos nuevos. Estaba bien conocer a otras personas. Uno de los papás, que estaba divorciado y era muy guapo, le había pedido salir, pero ella no había podido aceptar. Y también parecía gustarle al vecino de Tricia, aunque era demasiado joven para ella.

Estaba vistiéndose en su habitación cuando oyó que llamaban a la puerta.

Un minuto después aparecía Tricia.

–Han venido a verte.

Rowena suspiró y salió a ver quién era. Y vio a Dylan abrazado a las piernas de Colin.

–¡Mira, mami! ¡Colin!

–Ya lo veo –dijo ella, obligándose a sonreír.

De repente, se le había acelerado el corazón. Había estado tan convencida de que no volvería a verlo, que no se había preparado para aquel momento.

–Ven, Dylan, nos vamos al parque –le dijo Tricia al niño.

–*Quero* ver a Colin –protestó el niño.

–Luego lo verás. Mamá tiene que hablar con él a solas.

–Bueno –dijo Dylan a regañadientes–. Hasta luego, Colin.

–Hasta luego –le respondió Colin sonriendo.

Cuando se quedaron a solas, Colin se giró hacia ella. Estaba muy guapo en vaqueros y con una camisa blanca. Llevaba el pelo algo más largo que antes y no se había afeitado durante varios días.

–¿Cómo has sabido dónde estaba?

–He hablado con tu padre y le he contado todo.

–¿Y te has arriesgado a que no te apoye en el tratado?

–Ni siquiera el tratado merece la pena si pierdo a la única mujer a la que he amado en toda mi vida.

A ella se le cortó la respiración.

–¿Qué has dicho?

–Que te quiero, Rowena.

–¿Me quieres?

–Con todo mi corazón. He intentado evitarlo, pero no he podido. Contigo he sido más feliz que nunca. Y no sabes cómo os he echado de menos a Dylan y a ti.

–¿También has echado de menos a Dylan?

–No sé cómo se hace para ser un buen padre, ni un buen marido, pero quiero intentarlo. Y te prometo hacerlo hasta que me salga bien.

Rowena no daba crédito a lo que acababa de oír.

–¿Llego demasiado tarde? –le preguntó él al verla bloqueada.

–¡No! En absoluto. Yo también te quiero, Colin. He estado muy triste desde que te marchaste.

–Seguro que no tanto como yo.

Colin la agarró de la mano y la acercó a él. Tomó su rostro con ambas manos y la besó dulcemente.

–Estaba muy preocupado por vosotros.

–La verdad es que estar sola me da miedo, pero también me encanta.

–¿Podrás hacerme un hueco en tu vida?

–Por supuesto.

–Entonces, cásate conmigo.

–No.

–¿No?

–Ahora no. Necesito estar sola un tiempo. Además, ¿dónde viviríamos? No me puedo marchar de California ahora.

–¿Y si no tuvieses que hacerlo? Mi amigo, del que te hablé, va a abrir una oficina en la Costa Oeste y quiere que trabaje con él.

–¿Dónde en la Costa Oeste?

–En San Diego.

–¿En serio?

–Ya le he dicho que acepto. Empezaré a principios de junio, para así tener tiempo antes de terminar con el tratado.

–Eso es… perfecto.

–Entonces, ¿te casarás conmigo?

Ella negó con la cabeza.

–Pero saldré contigo. Prefiero que vayamos despacio, como una pareja normal.

–¿Pero te casarás conmigo algún día?

–No veo por qué no.

–¿Y podré adoptar a Dylan?

A Rowena se le llenaron los ojos de lágrimas al oír aquello.

–Se lo tendrás que preguntar a él, pero estoy segura de que va a decirte que sí.

–Entonces, ¿cuándo podemos empezar a salir? ¿Estás libre para comer hoy? ¿Y todos los días del resto de nuestras vidas?

Ella sonrió.

–Empecemos por hoy y luego ya veremos.

Primero fueron a comer, después al cine. Y más tarde, a pasar el día a San Diego. Lo siguiente sería un viaje a Disneyland con Dylan.

Después de aquello fueron a elegir las alianzas y entonces Rowena le dijo que sí. Y cuando Colin le preguntó a Dylan si quería que fuese su padre este también dijo que sí.

En el Deseo titulado
Una boda inolvidable,
de Robyn Grady,
podrás continuar la serie
HIJAS DEL PODER